KB207132

사상의 꽃들 18

반경환 명시감상 22

사상의 꽃들 18

반경환 명시감상 22

지혜

저자서문

시인은 꽃을 가져오는 사람이고, 철학자는 사상(정수精髓)을 가져오는 사람이다. 쇼펜하우어는 시와 철학의 상관관계를 매우 정확하게 알고 있었던 세계적인 사상가였다.

시인의 세계는 상상력의 세계이며, 그가 펼쳐 보이는 세계는 아름답고, 신비로우며, 환상적이다. 여기가 아닌 다른 곳, 그 다른 세계로 우리 인간들을 인도하며, 그의 시세계는 활짝 핀 꽃과도 같은 아름다움을 가져다가 준다.

어떤 시인은 살아 있어도 이미 죽은 것이지만, 어떤 시인은 이미 죽었어도 영원히 살아 있는 것이다.

사상은 시의 씨앗이고, 시는 사상의 꽃이다.

이 사상과 시가 있기 때문에 우리 인간들의 삶은 아름답고 행복한 것이다.

반경환은 무엇을 하는 사람인가? 그는 한국사회의 영원한 이단자이자 파렴치한에 불과하지만, 그러나 하늘을 감동시키기 위하여 '명시감상'을 온몸으로 쓰는 철학예술가이다. 철학을 예술의 차원으로 승화시키고, 예술을 철학의 차원으로 승화시킨다는 것은 그의 낙천주의 사상의 목표이며, 반경환은 이 무거운 짐을 짊어짐으로써 우리 한국인들을 고급문화인으로 인도하고자 했었던 것이다. 천년, 만년, 영원히 식지 않는 그의 열정은 하늘을 감동시키고, 언젠가, 어느 때는 그의 '명시감상'은 수많은 시들보다도 더욱더 아름다운 사상으로 밤하늘의 별들처럼 빛나게 될 것이다. 철학예술가라는 낙천주의 사상가, 그는 지혜를 사랑하는 사람으로서 '나는 신성모독을 범한다, 고로 존재한다'와 '세계는 나의 범죄의 표상이다, 고로 행복하다'라는 두 개의 명제를 그의 실천철학의 과제로 삼아왔던 것이다. 우리 한국인들이 해마다 노벨상을 타고 전 인류의 스승들을 배출해낼 수 있는 그날을 위하여 자기 스스로 영원한 이단자와 파렴치한이 되어야 하는 신성모독자의 삶을 마다하지 않았던 것이다. 반경환은 자랑스러운 단군의 후예이고, 낙천주의 사상가인 최고급의 홍익인간이다.

『사상의 꽃들』 1, 2, 3, 4, 5, 6, 7, 8, 9, 10, 11, 12, 13, 14, 15, 16, 17권에 이어서 『사상의 꽃들』 18권을 탄생시켜준

최승호, 김종삼, 엄재국, 공광규, 이정옥, 이병률, 라다크리슈난, 송미숙, 이진진, 이영선, 손선희, 최이근, 황순각, 이종분, 배영운, 김영석, 작자미상, 글나라, 임영남, 김선옥, 김은, 이관묵, 정여운, 황상순, 하록, 이순화, 현상연, 이명자, 박미자, 안정옥, 우종숙, 반칠환, 박정란, 송승안, 천양희, 신원철, 박성우, 정영숙, 최금녀, 최도선, 박송이, 이미산, 조영심, 이명, 나고음, 김형식, 강수정, 한성환, 김은정, 윤옥란, 문정희, 임덕기, 이희석, 허이서, 안도현, 이용우, 홍성란, 조용미, 최병근, 이원형, 이서빈, 조숙진, 홍정미, 임은경, 권선옥, 최병근, 도종환, 이화은, 함민복, 정현종, 정해영, 배옥주, 박분필, 김선태 등 74명의 시인들과 그동안 『반경환 명시감상』을 너무나도 뜨거운 마음으로 사랑해준 독자 여러분들에게 진심으로 감사를 드린다.

좀 더 정확하게 말한다면, 독자 여러분들은 이 책의 저자였고, 나는 독자 여러분들의 시심詩心을 받아 적은 필자에 불과했다.

나는 이 『사상의 꽃들』 18권을 쓰면서, 너무나도 행복했고, 또, 행복했었다.

2025년 여름, '애지愛知의 숲'을 거닐면서…….

1부

2부

3부

4부

1부

최승호 김종삼 엄재국 공광규 이정옥

이병률 라다크 리슈난 송미숙 이진진 이영선

손선희 최이근 황순각 이종분 배영운

김영석 작자 미상 글나라

최승호

캥거루족

늙은 배주머니 밖으로 나가서도
긴 탯줄을 질질 끌고 다니는
한심한 세상의 자식을
다 늙어버린 에미가
한숨을 쉬며 바라본다

모든 문화를 움직이는 힘은 '아버지 살해'이지만, 오늘날은 이 '아버지 살해의 힘'이 제대로 작동되지를 않고 있다. 왜냐하면 돈과 명예과 권력을 다 움켜쥔 우리 아버지들이 끊임없이 수명연장을 꾀하며 우리 젊은이들의 공격성과 그 혁명의 힘을 모조리 거세시키고 있기 때문이다. 우리들의 아버지는 나이가 들수록 더욱더 젊고 건강해지고, '인생 60'이라는 말을 비웃듯이, '인간 100세'를 뛰어넘어 영원불멸의 삶을 살아가고자 한다.

지난 7~80년대만 하더라도 우리들의 아버지의 나이가 50세이면 이미 다 산 노인이며, 60 이전에 대부분이 이 세상을 떠나갔기 때문에 너무나도 자연스럽게 세대 교체가 이루어지고, 우리 젊은 아들들은 어른이 될 수가 있었던 것이다.

도둑이 칼을 잡고 있을 때도 무섭고, 침략자가 칼을 잡고 있을 때도 무섭지만, 이 세상의 산송장들이 도덕과 법률과 경제를 다 움켜쥐고 있는 오늘날처럼 무섭고 끔찍한 세상도 없을 것이다. 오늘날의 젊은이들은 '만국의 노동자여, 단결하라'고 외치던 그 옛날의 용기도 잃어버렸고, 이 지구촌의 환경과 평화를 위해 '만국의 늙은이들이여, 존엄사를 선택하라'고 목숨을 걸고 투쟁할 수 있는 용기도 잃어버렸다. 취업포기, 결혼포기, 출산포기, 내집 마련 포기와도 같은 좌절과 절망의 늪에 빠져서 최승호 시인의 「캥거루족」이 될 수밖에 없었던 것이다.

역사의 무대에서 우리 자본가들이나 우리 늙은이들은 결코 제발로 물러나지 않기 때문에, 만국의 젊은이들은 더욱더 단결하고 이 자본주의 시대, 즉, '저출산—고령화 시대'를 종식시킬 혁명을 실천하지 않으면 안 된다. 인간 수명이 기하급수적으로 늘어나고 문명과 문화가 발전할수록 "늙은 배주머니 밖으로 나가서도/ 긴 탯줄을 질질 끌고 다니는/ 한심한 세상의 자식"들이 늘어나지만, 그러나 이것은 우리 젊은이들의 잘못이 아니다.

산업혁명과 과학혁명은 모든 산업현장을 전산화시키고, 고용 없는 성장을 가속화시켰다. 우리의 아이들은 태어날 때부터 실업자가 된 것이고, 우리 늙은이들은 오래오래 살수록 모든 복지혜택을 다 받게 되어 있는 것이다. 이것이

'저출산-고령화'의 근본원인이자 지구촌 환경파괴의 근본원인인 것이다.

이 세상을 살아야 할 이유와 모든 삶의 권리를 다 잃어버린 우리 늙은이들이 총과 칼을 들고 그들의 입에 발린 궤변, 즉, '노인 무죄/ 청년 유죄'의 '캥거루족 타령'을 하고 있는 것이다.

오오, 우리 젊은이들이여, 만국의 젊은이들이여, 하루바삐 손에 손을 잡고 거대한 함성을 외치며 총궐기하라!

빨리 죽는 것이 애국이고 모든 자식들을 다 효자로 만드는 것이고, 이 지구촌을 살리는 길이라고…!

'인간 70, 인간수명제'—. 이 세상의 모든 요양원과 요양병원을 다 불태워버리고, 우리 늙은이들을 대청소하는 것이 이 지구촌의 위기의 최선의 대책이라고 할 수가 있는 것이다.

김종삼

시인학교

公告

오늘 강사진

음악 부문

모리스 라벨

미술 부문

폴 세잔느

시 부문

에즈라 파운드

모두

결강.

김관식, 쌍놈의 새끼들이라고 소리지름. 지참한 막걸리

를 먹음.

교실내에 쌓인 두터운 먼지가 다정스러움.

김소월

김수영 휴학계

전봉래

김종삼 한 귀퉁이에 서서 조심스럽게 소주를 나눔.

브란덴브르그 협주곡 제5번을 기다리고 있음.

교사.

아름다운 레바논 골짜기에 있음.

김종삼(1921-1984) 시인은 그의 「시인학교」를 아름다운 레바논 골짜기에 세워놓고, 그 강사진들을 명실공히 세계적인 인물들로 꾸며 놓았다. 음악 부문은 현대 프랑스 음악을 대표하는 작곡가 모리스 라벨(1875-1937)이고, 미술 부문은 프랑스의 후기 인상파이자 입체파의 선구자인 폴 세잔느(1839-1906)이고, 시 부문은 영미문학의 대표적인 이미지스트이자 반유태주의자인 에즈라 파운드(1885-1972)가 바로 그것을 말해준다.

오늘의 강사진은 모두 결강했고, 김소월(1902-1934) 시인과 김수영(1921-1968) 시인은 이미 휴학계를 냈으며, 「시인학교」 교실에는 두터운 먼지가 너무나도 다정스럽게 쌓여 있다. 두주불사의 김관식(1934-1970) 시인은 이미 술에 취해 "쌍놈의 새끼들이라고 소리"를 질렀고, 소위 '3.8 따라지', 즉, '월남 시인'인 전봉래(1923-1951)와 김종삼 시인은 「시인학교」 한 귀퉁이에서 조심스럽게 소주를 나눠 마시며, "브란덴브르그 협주곡 제5번을 기다리고" 있었다.

나는 일찍이 김종삼의 시세계를 「폐허 속의 시학」으로 설명한 바도 있고, 그의 '폐허 속의 시학'은 오히려, 거꾸로 '탐미주의의 극치'라고 역설한 바도 있다. 김종삼 시인의 「시인학교」도 '폐허 속의 시학'에 지나지 않으며, 너무나도 아름답고 탁월하게 완성된 시라고 할 수가 있다.

하지만, 그러나 그의 '시인학교'는 왜, 지난 1940년대부터 오늘날까지 중동의 화약고인 레바논 골짜기에 있는 것이며, 그것은 도대체 무슨 역사 철학적인 의미를 띠고 있는 것이란 말인가? 레바논은 일찍이 '오스만 튀르크'의 식민지배를 받았으며, 제1차 세계대전 이후에는 프랑스의 식민지배를 받아오다가 1943년, 드디어, 마침내 독립국가를 이룩한 약소국가라고 할 수가 있다. 인구는 600여만 명 정도이고, 인구의 70%는 이슬람교이고, 나머지 30%는 기독교이지만, 팔레스타인과 이스라엘과 국경을 맞대고 있는 까닭에, 아직도, 여전히 내외우환의 소용돌이에 휘말려 있는 국가라고 할 수가 있다.

레바논의 삼나무는 장중하고 아름다우며 레바논의 상징이지만, 그러나 이 삼나무가 뜻하는 기상은 지정학적인 특성상 너무나도 산산이 부서지고 깨어져 버렸던 것이다. 영원한 독립국가와 영원한 평화도 다 부서지고 깨어졌고, 이슬람교와 기독교와 유태교, 즉, 아랍인과 유태인 등의 상호신뢰와 선린 이웃관계도 다 부서지고 깨어졌다. 따라서 김종삼 시인의 「시인학교」는 가상으로만 존재하며, 그의 유태인을 미워하고 레바논의 평화를 기원하는 마음이, 이처럼 그 어디에도 없는 최상의 「시인학교」를 설립하게 되었다고 할 수가 있다.

레바논과 대한민국은 지정학적 조건이 아주 유사하고, 레바논의 비극은 대한민국의 비극과도 구조적으로 동일하다. 따라서 김종삼의 「시인학교」는 대한민국 금강산 골짜기에 있다고 해도 좋을 것이고, 이 「시인학교」에 세계적인 문화예술의 거장들이 출강한다면 더욱더 좋을 것이다.

"오늘 강사진// 음악 부문/ 모리스 라벨/ 미술 부문/ 폴 세잔느// 시 부문/ 에즈라 파운드/ 모두/ 결강". "김소월/ 김수영"은 이미 "휴학계" 제출—.

꿈은 꿈이고, 현실은 현실이다. 이 꿈과 현실의 간극 속에서 두주불사의 술꾼이 되거나 '브란덴브르그 협주곡 제5번을 기다리'며 참고, 또, 참고 견디는 수밖에 없다.

꿈은 이루어지지 않는다. 산다는 것은 오직 참고, 또, 참고 견디는 것밖에 없으며, 이것이 시와 예술의 기원이 되고 있는 것인지도 모른다.

시는 인간의 영혼이며 두뇌이고, 시에 의하여 우리 인간들의 역사와 문화와 예술의 꽃이 피어난다. 공자, 맹자, 노자, 장자, 브라만, 비쉬누, 시바, 소크라테스, 플라톤, 칸트, 헤겔, 니체, 마르크스, 호머, 셰익스피어, 괴테 등은 전 인류의 스승이자 영원한 대서사시인이라고 할 수가 있다.

시인학교는 인간의 영혼과 두뇌를 맑게 하고, 영원한 인류의 양식인 '사상의 열매'를 맺게 한다. 시인학교는 레바논 골짜기에도 있고, 금강산 골짜기에도 있고, 당신의 마음 속의 골짜기에도 있다.

자유와 평화와 사랑을 꿈꾸게 하는—.

이 세상에서 가장 힘센 것은 언어이고, 이 언어의 창조주는 시인이다. 모든 학교는 「시인학교」이고, 이 세상에서 가장 고귀하고 위대한 스승은 시인인 것이다.

엄재국

백비탕

누가 불 지폈을까?

부글부글 살구꽃 한 세상이 담장을 넘쳐 흐른다

건더기 없으면 넘치지 않을 맑은 물의 봄

사람들은 봄빛에 지쳐 쓰러지는데

약 없는 세상

누가 저 담장너머

지독한 봄을 여태 끓이고 있을까?

봄은 대표적인 배고픔의 계절이며, '춘궁기春窮期'라는 말이 그것을 증명해준다. 춘궁기란 기나긴 겨울잠에서 깨어나 보리수확이 있기 전까지의 기간을 말하며, 이 춘궁기의 배고픔 때문에 '보릿고개'라는 말이 생겨났던 것이다. 이 세상에서 가장 어렵고 힘든 고개는 고산영봉의 그것보다도 '보릿고개'라고 할 수가 있다. 수많은 사람들이 이 보릿고개에서 굶어죽었고, 이 보릿고개의 배고픔 때문에 골육상쟁의 이전투구를 벌이거나 이웃국가를 침략하여 수많은 살인과 약탈과 온갖 강도짓을 자행해왔던 것이다.

시는 사치의 아이들이고, 배가 고프면 모든 문화와 예술은 질식한다. 배가 고프면 그 모든 일들이 아주 단순해지고, 꽃이 꽃으로 보이지 않는다. 엄재국 시인의 「백비탕白沸湯」은 백약이 무효인 세상의 그 절망감을 노래한 시라고 할 수가 있다. "누가 불 지폈을까?"는 분노의 탄식이 되고, 살구꽃은 부글부글 끓어오르며, 이 세상의 담장을 넘쳐흐른다. 이 세상은 그 어떤 삶의 내용도 없는 "맑은 물의 봄"에 지나지 않으며, 모든 사람들은 그 "봄빛에 지쳐" 쓰러진다.

그 옛날의 조선시대에는 맹물을 백번 끓여 임금님께 진상한 것을 백비탕이라고 부르고, 『동의보감』에 의하면 백비탕은 양기를 북돋아주고 혈액순환을 원활하게 해준다고 한다. 하지만, 그러나 백비탕은 맹물인 만큼 수많은 한약재를 넣고 끓인 '보약탕'과는 비교할 수가 없는 "맑은 물"의 맹물탕에 지나지 않는다. 요컨대 엄재국 시인은 '빈익빈/부익부의 양극화의 구조'를 꿰뚫어보고 "약 없는 세상/ 누가 저 담장너머/ 지독한 봄을 여태 끓이고 있을까?"라고 묻고 있는 것이다.

배고픔은 절망을 낳고, 절망은 그 어떤 기교도 없이 불을 지핀다. 살구꽃은 불꽃이 되고, 불꽃은 '백비탕白沸湯'을 끓이며 부글부글 끓어오른다.

시인은 가난하게 살고, 부자는 풍요롭게 산다. 시인은 그의 가난 속에서도 삶의 질을 따져 물으며, 자기 자신이 좋아하는 시를 쓰며 산다. 이에 반하여, 부자는 그 풍요로움 속에서도 더욱더 많은 돈과 탐욕을 좇아가며 아주 가난하게 산다. 마음이 부자인 시인과 마음이 가난한 부자 사이에 더욱더 사악하고 간사한 친구들이 있으니, 그 친구들은 우리 자연과학자들이라고 할 수가 있다.

오늘날의 자연과학자들은 자본가들이 고용한 살인청부업자이자 황금알을 낳는 거위라고 할 수가 있다. 자연과학자들은 자연이나 생태환경도 따져 묻지도 않고, 우리 인간들의 자연스러운 수명과 아름답고 행복한 삶과 이 지구촌의 미래도 따져 묻지를 않는다.

자연과학자들은 자본가들의 이익에 반하는 모든 시인과 철학자들을 무차별적으로 다 때려죽이고, 오직 부자들의 이익을 위해서라면 모든 동식물들의 서식지를 다 파괴하는 것은 물론, 그 모든 천연자원들을 다 황금으로 변모시켜 놓는다.

누가 지독한 봄을 여태 끓이고 있을까? 엄재국 시인이고, 우리 가난한 예술가와 철학자들이다.

누가 지독한 봄을 여태 끓이고 있을까? 자본가들이고, 우리 자본가들에게 고용된 자연과학자들이다.

빈손으로 왔다가 빈손으로 가는 우리 인간들의 삶은 그 모든 것이 도로아미타불의 헛수고가 되는 「백비탕」에 지나지 않는다.

가난은 살구꽃으로 불을 지르고, '약 없는 세상'의 '성난 민심'은 「백비탕」으로 부글부글 끓어오른다.

엄재국 시인은 상징주의자이며, 현실주의자이다. 그는 '약 없는 세상'의 현실을 꿰뚫어보고, 너무나도 아름답고 환한 '상징주의의 꽃'(살구꽃)으로 성난 민심의 「백비탕」을 끓인다.

공광규

겨울동화

아이들 키를 덮을 만큼 눈이 내려

아이들도 어른도 보이지 않는

지붕을 흰 눈이 폭 덮은

바이칼 겨울 호변 마을은

나무들이 눈뭉치를 들고 서서

눈싸움 놀이를 한다

어느 나무는 얼굴에 눈덩이를 맞아

얼굴을 수그리고

어느 나무는 허리에 맞아

몸을 타원으로 휘었다

붉은 벽돌집과 검은 나무담장
자작나무와 소나무와 관목에

이르쿠츠크 행 열차속도로
눈보라가 비껴가는 호변 마을

📖

때때로 북유럽의 설경과 시베리아의 설경을 바라보면서 이 세상의 천국이 따로 없구나라고 생각할 때가 있다. 우리가 직접 땅을 파고 곡식을 심거나 사슴과 양을 키우지 않는 한, 눈 쌓인 설국의 풍경이 너무나도 아름답고 평화로운 천국일 수도 있는 것이다.

하지만, 그러나 이 세상에 진정으로 아름답고 평화로운 천국은 그 어디에도 없다. 일년에 겨울이 6개월에서 8개월이나 되고, 해가 뜨지 않는 흑야黑夜가 되면 설국의 사람들은 너무나도 밝고 환한 햇빛이 그리워서 다들 미치광이가 되어버린다고 한다. 이 겨울의 불안과 공포, 이 겨울의 적막함과 참담함과 무료함을 달래기 위하여 술을 마시고, 그처럼 더럽고 추한 근친상간과 동성애를 즐길 수밖에 없었던 것인지도 모른다. 실제로 북쪽지방으로 올라갈수록 알콜의 도수가 높아지고, 그토록 무차별적인 남녀의 섹스가 성행하게 된다.

아름다운 풍경은 바라보는 풍경이지 삶의 풍경이 아니다. 공광규 시인의 「겨울 동화」도 제3자, 즉, 여행자가 바라보는 풍경이지, 실제의 삶의 풍경이 아니다. 장마철이나 사나운 태풍의 풍경도 TV를 통해 바라보면 아름답고, 전쟁의 참상이나 강 건너의 불구경도 때로는 너무나도 아름답고 흥미진진하다. 타인들의 불행이나 비참한 운명의 재앙을 더욱더 재미있고 흥미있게 바라본다는 것, 이 '일상성의 외설'이 우리 여행자들의 '가학성 유희욕'이 아닌가 생각된다. "아이들 키를 덮을 만큼 눈이 내려/ 아이들도 어른도 보이지 않는" "바이칼 겨울 호변 마을은"도 그렇고, "나무들이 눈뭉치를 들고 서서/ 눈싸움 놀이를 한다"라는 시구도 그렇다.

동화의 세계는 어른들이 자기 자신의 추억을 미화시키거나 자기 자신의 환상(이상)을 덧씌운 세계에 지나지 않는다. 지붕을 흰눈이 덮은 바이칼 호변의 마을은 백색공포에 사경을 헤매는 마을일 수도 있고, 폭설에 우듬지와 가지가 휘어지거나 부러진 나무는 '눈싸움 놀이'를 하는 나무가 아니라, 비명횡사 직전의 사경을 헤매는 나무일 수도 있다. "붉은 벽돌집과 검은 나무담장"도 신음을 하고 있고, "자작나무와 소나무와 관목"도 신음을 하고 있다. "눈보라가 비껴가는 호변 마을"은 "이르쿠츠크 행 열차" 속의 관광객에게나 아름다운 것이지, 「겨울 동화」 속의 나라의 풍경이 아닌 것이다.

동화란 가상의 세계이고, 몽상의 세계이며, 아름답고 행복한 세계가 없으니까 어른들이 아이들의 세계를 미화시키고 그 아름답고 행복한 삶을 사는 척하는 몽상의 세계이다. 동화의 세계는 영원한 것 같지만 아주 짧고, 동화의 세계는 아주 짧은 것 같지만 영원하다. 이 순간과 영원이 교차하는 세계가 동화의 세계이고, 이것이 공광규 시인의 「겨울 동화」의 영원한 생명력이기도 한 것이다.

공광규 시인의 「겨울 동화」는 이 세상의 모든 욕망과 그 싸움과 그 더럽고 추잡한 일들을 모조리 삭제해버린 천국의 세계라고 할 수가 있다.

아름다움은 하나의 풍경이고 동화 속의 세계이지, 생사불명의 실제의 세계가 아니다.

이정옥

간월도

그는 물수제비를 잘 뜬다고 하였다

간월도에서 걸어 나오며
그에게 물수제비 한 그릇 먹고 싶다고 말할걸
아직도 입덧처럼 허하다
목울대에서 머뭇거리던 말말
한 삽 그 섬에 심어 놓는다
얼마만큼을 배워야 모국어를 반짝이게 빚을까

간월도에서 물수제비 한 그릇 탁발한다
바다에 뜬 간월도
한 대접 후루루 마신다

나는 '물수제비 놀이'를 아주 좋아했고, 수많은 친구들과 함께, '물수제비 놀이'를 아주 많이 했었다. 지금도, 가끔씩 잔잔한 강이나 호숫가를 거닐을 때면 그 옛날의 추억을 떠올리며 동그랗고 얇은 돌을 골라 물수제비를 뜨곤 한다. 하나, 둘, 셋, 넷, 다섯, 여섯, 일곱…… 잔잔한 수면 위에서 동그란 파문을 일으키며 마치 징검다리를 건너듯이 돌이 날아갈 때 그 짜릿한 쾌감과 흥분은 이루 말할 수가 없는 것이었다.

이정옥 시인의 「간월도」는 '물수제비의 본고장'이자 '한국 연애시의 진수'라고 할 수가 있다. 그가 애인인지, 단순한 남자 친구인지는 알 수가 없지만, 그와 함께 간월도를 갔을 때, "그는 물수제비를 잘 뜬다고" 했던 것이다. 바로, 그때에는 그 말을 무심코 지나쳤지만, 그러나 "간월도에서 걸어 나오며/ 그에게 물수제비 한 그릇 먹고 싶다고 말할 걸"하고 후회를 했던 것이다. 물수제비는 단순한 물놀이가 아닌 음식이 되고, 이 물수제비는 연애와 그 연애의 결과인 입덧이 된다. 물수제비를 아주 잘 뜬다는 그가 마음에 들었던 것이고, 그가 만든 물수제비를 먹고, "아직도 입덧처럼 허하다"라는 시구에서처럼 그와의 통정 끝에 그의 아이를 갖고 싶었던 것이다.

추억은 때늦은 연애사건을 미화시키고, 그 이루지 못한 사랑을 서해 바다의 '간월도看月島'로 우뚝 솟아나게 한다. 간월도는 충남 서산시에 부속된 섬이지만, 서산간척사업 이후, 간조시에는 뭍이 되고, 만조시에는 섬이 되는 간월암看月庵이 존재하고 있는 곳이다. 간월암은 조선시대 무학대사가 창건한 암자이자 '달보기의 명소'이며, 아주 아름답고 유명한 암자라고 할 수가 있다.

이정옥 시인은 간월도에서의 연애사건을 미화시키며, "목울대에서 머뭇거리던 말들"을 제일급의 시인답게 "한 삽 그 섬에 심어 놓는다." "얼마만큼을 배워야 모국어를 반짝이게 빚을까"라는 소망처럼, 사랑의 씨앗은 모국어가 되고, 이 모국어에 의해서 이 세상에서 가장 아름답고 뛰어난 「간월도」가 우뚝 솟아나오게 된다. 그는 물수제비가 되고, 물수제비는 모국어가 되고, 모국어는 바다에 뜬 「간월도」가 된다. 요컨대 간월도는 나와 그가 연애를 하던 성지가 되고, 따라서 나는 "간월도에서 물수제비 한 그릇 탁발" 하여 "바다에 뜬 간월도/ 한 대접을 후루루 마"시게 된다.

말, 말, 말—, 이 세상에서 가장 아름답고 사랑스러운 모국어, 우리 한국인들의 영원한 모국어의 성지인 간월도—.

간월도는 이정옥 시인의 영원한 사랑의 무대이자 영원한 모국어의 텃밭이다. 그와 함께, 손을 잡고 입을 맞추며 물수제비를 뜨듯이 이 세상에서 가장 아름다운 달을 보며 모국어를 낳고, 또 낳는다.

이정옥 시인은 '간월도의 시인'이며, 그 이름은 「간월도」와 함께 영원할 것이다.

이병률

풍경의 빼

단양 역 지나

단성 역 네 평 대합실에는

온실에 들어선 것처럼 국화 화분이 많습니다

정 중앙에 탁구대도 있고

연못도 있고

역기도 있고

자전거도 들여다 놓고

잉꼬도 두 쌍

늙은 쥐도 두 쌍

물고기도 두 쌍

살아있는 것들은 다 짝을 이루었습니다

하지만

上行 두 편

下行 한 편
열차 시각표 빈칸에는 적요만 도착합니다

역무원 두 사람이
물 끓는 난로 옆에 앉아 이야기를 나누다
희끗희끗 내리는 눈송이에 고개를 돌리고 있다는 사실도
이 속절없는 풍경 안에 넣어야 할까요

단양 역 지나 단성 역 네 평 대합실에는 온실에 들어선 것처럼 국화 화분이 많다. 정 중앙에 탁구대도 있고, 연못도 있고, 역기도 있고, 자전거도 있다. 잉꼬도 두 쌍 있고, 늙은 쥐와 물고기도 두 쌍 있고, 살아있는 것들은 모두 다 짝을 이루고 있다.

하지만, 그러나 상행은 두 편이고, 하행은 한 편뿐이고, 열차 시각표 빈칸에는 적요만이 도착한다. 역무원 두 사람이 물 끓는 난로 옆에 앉아 이야기를 나누다가 희끗희끗 내리는 눈송이에 고개를 돌리고 있다.

이병률 시인의 「풍경의 뼈」에는 단성역을 소재로 하여 '풍경의 뼈'가 '적요'라는 사실을 노래하고 있는 시라고 할 수가 있다. 수많은 사람들 속에서는 자기 자신만의 세계를 그리워하지만, 그러나 막상 이 세상의 사람들과 단절된 곳에서 살게되면 그토록 혐오하고 싫어하던 인간들을 제일 그리워하게 된다. 군중 속의 고독도 문제이지만, 그러나 그것보다도 무리로부터 소외된 것이 더 큰 문제라고 할 수가 있다. 적요는 아픔이고 상처이고, 적요는 중병이고, 최고급의 형벌이다.

이병률 시인의 「풍경의 뼈」는 인간 소외의 한 원인인 '적요'로부터 벗어나기 위한 최후의 인간들의 안간힘을 가장 아름답고 탁월하게 심리 사회학적으로 노래한 시라고 할 수가 있다. 인간에 대한 그리움 때문에 수많은 국화꽃을 심고, 탁구도 치고, 연못도 파고, 역기도 들고, 자전거도 탄다. 적요란 외롭고 쓸쓸한 것을 말하고, 그 적요를 참고 견디다 못해 노아의 방주에서처럼 "잉꼬도 두 쌍/ 늙은 쥐도 두 쌍/ 물고기도 두 쌍/ 살아있는 것들은 다 짝을 이루"게 하며, 머나먼 후일을 도모하고 있는 것인지도 모른다. "역무원 두 사람이/ 물 끓는 난로 옆에 앉아 이야기를 나누다가/ 희끗희끗 내리는 눈송이에 고개를 돌리고 있다는 사실"은 아주 가느다란 실핏줄과도 같은 이 세상과의 인연이 끊길 것 같은 두려움 때문인지도 모르고, "이 속절없는 풍경 안에 넣어야 할까요"라는 시구가 바로 그것을 증명해준다.

머나먼 오지에서 사회적 동물로서의 존재의 근거를 빼앗기고 산다는 것은 속절없다는 것이고, 그 속절없음이 「풍경의 뼈」, 즉, 적요라고 할 수가 있다.

대도시의 고층아파트에 살며, 사소한 부딪침과 층간소음 때문에 잡다한 말다툼과 싸움과 소송전을 일삼는 자들에게는 '적요'라는 극약처방을 해줄 필요가 있다. 사람과 사람 사이의 완벽한 단절과 너무나도 멀고 험한 오지에서의 '적요'를 경험하게 된다면 좀 더 인간에 대한 그리움과 사회성을 깨닫고 모범시민이 될 수도 있을 것이다.

적요 속에서는 자유로운 개인의 행복보다는 '다수'라는 '사회적인 힘'을 더욱더 선호하게 될 것이다. 왜냐하면 적요는 살풍경이고, 천하제일의 형벌이며, 하루바삐 퇴치해야 할 암적인 종양이기 때문이다.

라다크리슈난

무엇을 조금 알면

조금 알면 오만해지고

조금 더 알면 질문하게 된다

거기서 조금 더 알면 기도하게 된다.

이 세계와 이 우주는 어떻게 탄생하고 성장하였는가를 탐구했던 '자연철학의 시대', 이 세계와 이 우주는 전지전능한 신이 창조했고 신에게 모든 영광을 바쳤던 '신의 철학의 시대', 인간의 이성과 자기 발견을 이룩하고 전지전능한 신의 목을 비틀어버린 '인간의 철학의 시대', 그러나 이제는 인간보다 더 뛰어나고 영원히 인간을 지배하게 될 '인공철학의 시대'가 이 세계와 이 우주를 지배하게 되었다. 인터넷과 스마트폰과 자율주행차와 에어택시가 없으면 살 수가 없듯이, 이제는 날이면 날마다 인공지능의 말씀과 지시에 따라서 앞으로의 계획과 일과표를 만들고 무조건적인 충성을 맹세하지 않으면 안 된다. 아내와 부모형제와 친구들로부터 버림을 받는 것은 아무 것도 아니지만, 인공지능으로부터 버림을 받는다는 것은 전체 인류와 지구폭발의 대재앙과도 같게 될 것이다.

"조금 알면 오만해지고/ 조금 더 알면 질문하게 된다."

조금 알면 엉덩이에 뿔난 소가 날뛰듯이 타인들을 무시하고 오만방자해질 수도 있지만, 조금 더 알면 깊이 있게 질문하게 된다. 자연철학과 신의 철학은 무엇이고, 인간의 철학과 인공지능의 철학은 무엇이며, 과연 앞으로 이 지구촌과 인간의 미래는 어떻게 될 것인가? 모든 학문의 예비학은 비판, 즉 질문하는 것이며, 이 질문을 통해서 과거와 현재와 미래의 목표와 그 모든 잘못들을 바로 잡아나가지 않으면 안 된다. 인간의 탐욕이 인공지능을 창출해냈고, 인공지능 앞에서 무조건 충성을 맹세하는 시대가 되었지만, 그러나 인공지능은 우리 인간의 역사와 지구촌의 역사를 종식시키게 될 것이다.

조금 더 알면 질문하고, 그 모든 잘못들을 바로잡으며, 새로운 꿈과 희망을 갖게 된다. 하지만, 그러나 "거기서 조금 더 알면 기도하게 된다"는 것은 무조건 신에게, 인공지능에게 충성을 맹세하게 된다는 것이다. 기도란 나약한 자가 자기 자신의 영혼과 육체를, 그의 꿈과 미래의 희망을 어떤 절대자에게 바친다는 것을 뜻하고, 그것은 앎의 역사에서 가장 못났고 시대착오적인 넋두리에 지나지 않는다.

기도란 내가 내 자신에게, 우리가 우리 자신에게 바쳐야 하는 꿈과 희망이지 않으면 안 되고, 그것이 전지전능한 신이거나 인공지능일 때는 이 세계와 우리 인간들을 멸망시키는 재앙 자체가 될 것이다.

많이 아는 자, 즉, 지혜로운 사람은 전지전능한 신이나 인공지능에게 기도를 하지 않으며, 전지전능한 신과 인공지능의 목을 비틀어버리고 숨통을 끊어버린다.

기도란 자기가 자기 자신에게 내리는 명령, 즉, 모든 탐욕을 다 버리고 자연으로 돌아가자는 외침이 되지 않으면 안 된다.

송미숙

악어

좀 더 길게 만날 수 있겠지

죽은 언니가 볼을 잡아당길 때
나는 손톱이 터무니없이 길어지지

언니, 지금 당장 꺼져줄래

나는 잠에 빠지고
그래도 잠을 수락할래

후처의 자식은 잘 꾼 꿈같아
애써 침을 삼키며
나는 늦어도 되는 식구가 되고

그러니 주머니에 심장을 넣고

누런 이빨을 내보여야지

언니의 멜빵치마를 베어낼 때마다 나는 가벼워진다

지연아, 지금 당장 꺼져줄래

손은 없지만
책상에 금 그을 시간은 충분한데

이맛살이 펴진 쪽은 늘 언니였다

📖

원인이 있으면 결과가 있고, 결과가 있으면 원인도 있다. 인과응보, 그 모든 것은 자기 자신이 쌓은 업보 때문이며, 그 어느 누구를 탓하거나 미워할 이유가 없다.

죽은 언니와 나는 원수형제인데, 왜냐하면 죽은 언니는 본처의 자식이고, 나는 후처의 자식이기 때문이다. 죽은 언니는 가정의 평화가 깨진 것은 아버지의 '바람기' 때문이 아니라, 아버지를 유혹한 첩 때문이라고 생각하며, 따라서 첩의 딸인 나에게 그 모든 험한 말과 나쁜 짓을 다한다. "죽은 언니가" 내 "볼을 잡아당"기면 그에 대한 반작용으로 "나는 손톱이 터무니없이 길어"진다. 죽은 언니는 힘이 세니까 내 볼을 잡아당기며 나를 괴롭히지만, 나는 힘이 없으니까 죽을 힘을 다해 손톱으로 죽은 언니의 얼굴을 할퀴고 싶어한다.

죽은 언니는 시시때때로 꼴도 보기 싫으니까 "지금 당장 꺼져줄래"라고 폭언을 퍼붓고, 나는 그럴 수가 없으니까

못 들은 척 잠이나 청한다. 죽은 언니는 더욱더 사나워져 "그래도 잠을 수락할래"라고 언성을 높이고, "후처의 자식은 잘 꾼 꿈같아/ 애써 침을 삼"킨다. 내가 애써 침을 삼켰다는 것은 죽은 언니에게 무서운 독설, 즉, 저주의 말로 응대를 해주고 싶었던 것이 되고, "나는 늦어도 되는 식구가" 되었다는 것은 모든 가족들부터 관심 밖의 인물이자 버림을 받았다는 것이 된다. 따라서 나는 "주머니에 심장"과 그 더럽고 분한 마음을 집어넣고, "누런 이빨을 내보"이고 싶었던 것이다.

악어는 사납고, 마치 무서운 복수처럼 사냥을 하고, 그 날카롭고 예리한 이빨로 모든 먹잇감들을 찢어발긴다. 죽은 언니도 악어이고, 나도 악어이고, 나는 "언니의 멜빵치마를 베어낼 때마다" 가벼워진다. 죽은 언니가 "지연아, 지금 당장 꺼져줄래"라고 폭언을 퍼부으면 나는 면도칼로 책상을 그어댄다. 하지만, 그러나 늘, 항상 "이맛살이 펴진 쪽은" 죽은 언니인데, 왜냐하면 죽은 언니는 실제의 가해자이고, 나는 마음으로만 복수하는 현실의 피해자이기 때문이다.

사랑하는 사람은 만나지 못해서 괴롭고, 원수는 만나서 괴롭다. 이 세상의 근본 정서는 괴로움이며, 원수와 원수가 만나서 살아가지 않으면 안 된다. 죽은 언니와 나의 싸움은 영역다툼, 즉, 자리잡기 싸움이며, 이 싸움의 최종적인 승자는 그토록 학대받고 어렵고 힘들게 살아온 '나'라고 할 수가 있다. 모든 싸움의 최선의 전략은 자기가 자기 자신을 다스리는 것인데, 죽은 언니는 사랑과 포용과 관용의 미덕을 지니지 못한 채, 그 울화병 때문에 그토록 짧고 비참하게 죽어갔는지도 모른다.

송미숙 시인의 「악어」는 대단히 지적이고 전위적인 시이며, 죽은 언니와 나의 의식과 무의식을 넘나들며, 그 원수형제간의 '무서운 싸움'을 보여준다.

원수형제, 잘못된 만남과 인연은 영원히 계속되며, 이 세상의 삶이 그토록 무섭고 끔찍하다는 것을 시사해준다.

이진진

비자림榧子林

비자림 숲 가는 비자visa 받아 잉태된 생명
자동이체된 하루에
어린 숲은 이어달리기를 한다

제주도 구좌읍 비자림
비바람 비정상 비상식 몰아낸 겸허의 숲
밤이면 달빛이 나무의 결을 고르고
새소리 벌레울음이 동심원 강의를 했다
비자숲은 비자 없이 입국을 허락한다

숲은 두통약을 제조해 무료로 나누어준다
제주산 피톤치드는
사람의 신진대사 심폐기능에 좋다며
두통약 미끼상품 삼아 판매하는 사람들

어디서 왔는지
지구라는 객지에서
모진 풍파 견디며 살아온
5백~8백 년 된 1만여 그루의
숨결을 분양하는 숲
성산포에 출렁이는 물결은 모두 나무의 숨소리다

숲냄새 가득 쌓인 산책로엔
청춘이 둘러앉아
남루하고 버석거리던 심장에 푸른 피를 수혈하고 있다

그곳에는 여름의 동심이 방목되어 나무에서 퐁당퐁당 소리가 난다

📖

비자림榧子林은 주목과에 속하는 상록 큰키나무로 한국과 일본에서 자생한다. 비자나무는 15m에서 25m까지 자라며, 천천히 자라고 오래 살며 최고급의 목재로 쓰인다고 한다. 제주도의 비자림은 500년에서 800년 된 비자나무들이 "1만여 그루" 자생하고 있으며, 천연기념물로 보호를 받고 있다고 한다. 비자나무 열매는 구충제로 사용되고, 울창한 비자나무숲은 만물의 생명과 건강을 지켜주는 자연의 터전이라고 할 수가 있다. "비자림 숲 가는 비자visa 받아 잉태된 생명/ 자동이체된 하루에/ 어린 숲은 이어달리기를 한다"는 것은 '비자림'과 '비자visa'의 유사성에 착안한 말놀이와 함께, 무비자로 어린이들과 어린 숲이 이어달리기를 하고 있다는 것을 뜻한다. 어린이와 어린 숲은 '어른의 아버지'이고, 이 '자자손손의 대물림'은 제주도의 역사와 비자림이 영원히 그 울창함을 잃지 않는다는 것을 뜻한다.

이진진 시인은 "제주도 구좌읍 비자림"은 "비바람 비정상 비상식 몰아낸 겸허의 숲"이라고 말하고, "밤이면 달빛이 나무의 결을 고르고/ 새소리 벌레울음이 동심원 강의를" 하고, "비자숲은 비자 없이 입국을 허락한다"고 말한다. 비자림은 자연의 숲이고, 겸허의 숲이며, 비자림은 생명의 숲이고, 치유의 숲이다". 비자림은 학문의 숲이고 사색의 숲이고, 비자림은 동심의 숲이며, 그 어느 생명체도 차별을 하지 않는 만물의 터전이라고 할 수가 있다.

"제주산 피톤치드는/ 사람의 신진대사 심폐기능에 좋다며/ 두통약 미끼상품 삼아 판매하는 사람들"도 있지만, 그러나 비자림은 언제, 어느 때나 "두통약을 제조해 무료로 나누어준다." 비자나무도 자연의 학교의 스승이자 의사이고, 이진진 시인도 자연의 학교의 스승이자 의사이다. 아무런 대가도 바라지 않고 자기 스스로가 좋아서 일을 하고 그 일의 결과물을 다 나누어주는 사람이 가장 행복한 사람이듯이, 이진진 시인과 비자림은 살신성인의 숲을 이루고, 만물을 가르치며 만물을 다 먹여살린다. "어디서 왔는지/ 지구라는 객지에서/ 모진 풍파 견디며 살아온/ 5백년, 8백년 된 1만여 그루의/ 숨결을 분양하는 숲"이 그것을 말해주고, 또한, "성산포에 출렁이는 물결은 모두 나무의 숨소리다"라는 시구가 그것을 말해준다. 아름답고 멋진 숨쉬기와 모든 만물들과 공생–공존하는 우주적인 숨쉬기가 가능한 곳이 이진진 시인의 「비자림」인 것이다.

어제도, 오늘도, 내일도 "숲냄새 가득 쌓인 산책로엔/ 청춘이 둘러앉아/ 남루하고 버석거리던 심장에 푸른 피를 수혈하고", "그곳에는 여름의 동심이 방목되어 나무에서 퐁당퐁당 소리가 난다." 이진진 시인의 「비자림」은 '비자나무'가 '아닐 비非'를 닮았다고 해서 비자나무이듯이, 반자연적이고 반생명적이며 반인문주의적인 자본주의와 자본주의의 가치관을 전복시키는 데에서 그 생명력을 얻고 있는 숲이라고 할 수가 있다. 자연의 숲, 생명의 숲, 학문과 예술의 숲, 사색과 명상의 숲, '만물일여萬物一如의 동심의 숲'이 비자림이고, 비자림에서는 만물이 저절로 자라나고 만물이 저절로 꽃을 피우며 열매를 맺는다. 자유와 평화와 사랑을 외치지 않아도 되고, 돈과 명예와 권력을 외치지 않아도 되며, 이 세상의 그 모든 사람들에게 언제, 어느 때나 푸른 피를 제공하며 영원한 어린아이들처럼 뛰어놀게 만든다. 도처에 어린 비자나무와 8백년, 아니, 천년, 만년된 비자나무가 다 같이 젊고 건강하게 살고 있는 곳에서 도대체 그 무엇이 더 필요하단 말인가? 오래오래 사는 것은 젊고 건강하게 사는 것이고, 젊고 건강하게 사는 것은 티없이 맑고 깨끗하게 사는 것이다.

시인은 이 세상 그 어디에다가 둥지를 틀어야 하는가? 건강에 이로운 숲을 거닐며 끊임없이 사색을 하고 명상에 잠길 수 있는 곳, 바로 이진진 시인의 「비자림榧子林」이지 않으면 안 된다. 값비싼 여행경비와 그토록 까다롭고 복잡한 입국수속이 필요없는 곳, 남녀노소할 것 없이 "제주산 피톤치드"와 "5백년-8백년 된 1만여 그루의/ 숨결을 분양해주는 숲"—, 언제, 어느 때나 피곤하고 지친 육체에 "푸른 피를 수혈해주는 숲"이 지상낙원이며, 하늘나라의 천국이라고 할 수가 있는 것이다.

이진진 시인의 「비자림榧子林」은 자연의 터전이고, 모든 생명체들의 존재의 뿌리가 튼튼해진다. 비자림은 영원한 언어의 숲이고, 이 아름답고 풍요로운 언어의 숲이 있는 한, 우리 인간들은 영원히 행복한 삶을 살게 될 것이다.

이영선

새해 첫날

툭 터진 석류 껍질을 비집고 움찔움찔 붉은 즙이

흘러나온다

낼름 혀로 핥다가는 낄낄대는 개 한 마리

붉은 침이 목으로 가슴으로 가랑이 사이로 튀어 대는데

절레절레 고개를 흔드는 개의

가랑이 사이로 비죽이 서는 그것

석류 훔쳐먹은 죄가 좀처럼 누그러지지 않는다

화살나무 사이에서

자작나무 사이에서

사철나무 사이에서

어떤 붉은 것이 발걸음마다
흔들린다

📖

석류나무는 키가 5m에서 7m 정도이며, 주홍빛을 띠는 붉은 꽃이 핀다. 석류는 9~10월에 노란색, 또는 노란빛이 도는 붉은 색으로 익는데, 열매의 크기는 오렌지만 하고, 부드러운 가죽껍질로 덮여있다. 안쪽에는 여러 개의 방이 있고, 각 방에는 가늘고 투명한 소낭이 들어 있는데, 소낭은 붉은색을 띠는 즙이 많은 과육으로 이루어졌으며, 씨를 둘러싸고 있다. 이란이 원산지이며, 한국에는 중국을 거쳐 들어왔다고 한다. 석류의 열매는 날것으로 먹거나 즙을 만들어 먹을 수가 있다. (다음백과 참조)

이영선 시인의 「새해 첫날」의 붉디붉은 석류의 열매와 그 즙은 여성의 그것을 뜻하고, "툭 터진 석류 껍질을 비집고 움찔움찔" 흘러나오는 "붉은 즙"을 "낼름 혀로 핥는" 개 한 마리의 그것은 암수의 합일을 뜻한다.

싹이 트면 꽃이 피듯이, 암수의 합일은 삶의 절정이며, 모든 성자의 탄생과도 맞닿아 있다. 「새해 첫날」의 암수의 결합에 의하여 하늘의 태양이 떠오르고, "가랑이 사이로 비죽이 서는 그것/ 석류 훔쳐먹은 죄가 좀처럼 누그러지지 않는다"는 것은 세계정복운동의 깃발과도 같다.

새는 알껍질을 뚫고 탄생하고, 모든 성자는 기존의 가치관을 파괴시키며 새로운 가치를 창출해낸다. "화살나무 사이에서/ 자작나무 사이에서/ 사철나무 사이에서" "어떤 붉은 것이 발걸음마다/ 흔들린다"는 것은 천하무적의 개선장군의 깃발과도 같다.

꽃(성)은 종족의 아름다움을 뜻하고, 이영선 시인의 「새해 첫날」로부터 개선장군의 행진곡이 울려퍼지고, 종족의 번영과 행복이 약속된다.

새들이 노래를 부르고, 풀과 나무들이 춤을 추며, '역발산기개세力拔山氣蓋世', 즉, '만사형통의 대기운'이 온 천하를 뒤덮는다.

손선희

나무의 유언

수백 년 마을 어귀에 서서

인간을 수호하며

쉬지도 자지도 않고

한자리에 서서 살았다

이꼴 저꼴 다 보며 살아온 생

죽어서

기둥 책상 의자 식탁

면봉

이쑤시개

젓가락

휴지가 되었다

싱싱하게 산목숨

죽어서까지

인간을 위해 쓰여진다

불의 먹이가 되어 사라지며

하는 말

한 치 앞을 보지 못한 어리석은 인간들아

우리의 죽음이 인간의 죽음이다

📖

우리 인간들이 만물의 영장을 자처하게 된 것은 문자(말)를 발명하고 '사유하는 인간'이 되었기 때문이라고 할 수가 있다. 원인에서 결과를 이끌어내고 결과에서 원인을 찾아내며, 모든 자연의 법칙과 진리를 밝혀냈다는 '인식의 혁명'은 그러나 지극히 근시안적이며, 이 지구촌의 유일무이한 어릿광대들의 헛소리에 지나지 않았다. 이 세상은 만물의 공동터전이며, 어느 동물도, 어느 풀과 나무도 우리 인간들에게 충성을 맹세하거나 복종을 하지 않고 있다고 할 수가 있다.

이 지구촌의 적정 인구는 얼마이고, 인간의 수명은 몇 세가 적당하며, 이 지구촌이 요양원과 요양병원의 천국이 되어가고 있는 것이 과연 우리 인간들의 최고의 업적이란 말인가? 지구촌의 이상기온과 자연의 재앙, 그리고 자연보호와 동물보호는 그처럼 걱정을 하고 강조하면서도 그토록 무자비하게 천연자원을 채취하고 문명의 이기와 쓰레기들을 배출해낼 권리가 과연 우리 인간들에게 있단 말인가? '저출산-고령화탓'으로 '나홀로족'이 그토록 늘어나면서 수많은 개와 고양이들을 '반려동물'이라고 '인간화'시키고 있는 행태는 차마 눈뜨고 볼 수가 없을 정도이다. 수많은 개와 고양이들에게서 자연의 터전을 빼앗고, 그들이 짝을 짓고 행복하게 살 권리를 다 빼앗은 죄는 '성만용의 죄'보다도 더 크다고 하지 않을 수가 없다. 만일, 모든 동물들이 다 반려동물이고 우리 인간들과 동등하다면 이제는 이 지구촌이 동물요양원과 동물요양병원의 천국이 되고, 그 어떤 생명체도 탄생과 소멸이 없는 영원불멸의 삶을 살게 될 것이다.

인간은 만물의 영장이 아닌 만물의 암적인 종양이며, 우리 인간들의 수많은 학문적 진리는 만물의 진리가 아니라 이 지구촌과 모든 생명체들을 다 몰살시키는 악성 종양일 뿐인 것이다. 이 세상의 참된 진리는 자연의 법칙에 따라 살고, 아들 딸 낳고 키우며 손자들을 볼 때쯤이면 아주 자연스럽게 떠나가 주는 것이 이 세상의 참된 도이자 진리의 삶이기도 한 것이다.

손선희 시인의 「나무의 유언」은 만물의 공적인 우리 인간들에게 나무가 보내는 진리의 말이자 최후의 통첩장이라고 할 수가 있다. “수백 년 마을 어귀에 서서/ 인간을 수호하며/ 쉬지도 자지도 않고/ 한자리에 서서” 산 나무, “이 꼴 저꼴 다 보며 살아”왔지만, “죽어서도/ 기둥, 책상, 의자, 식탁/ 면봉/ 이쑤시개/ 젓가락/ 휴지가” 되어준 나무, “싱싱하게 산목숨”으로 죽어가면서까지도 화목연료가 되어준 나무—.

나무, 나무, 나무 —. 지구촌의 천연자원의 대명사이자 대들보인 나무—. 모든 생명체들은 먹이사슬의 최상위 포식자인 우리 인간들이 소멸하면 대축제를 벌이겠지만, 만물의 보금자리이자 하늘기둥인 나무가 사라지면 모두가 다 같이 공멸하게 될 것이다. 나무는 인간보다 키가 더 크고 튼튼하며, 나무는 인간보다 더 오래 살며, 모든 만물들을 다 품어 기른다. 우리 인간들은 천하제일의 대역죄인이자 악마이며, 이미 그 최후의 살처분의 집행만을 기다리고 있는 신세에 지나지 않는다.

자연보호와 동물보호는 오만방자하기 짝이 없는 우리 인간들의 헛소리에 지나지 않으며, 어느 산과 강이, 어느 바다와 들이, 어느 동물과 식물들이 우리 인간들에게 그토록 간절하게 도움이나 보호를 요청한 적이 없는 것이다. 우리 인간들의 자연관은 타자의 존재와 그 주체성을 전혀 인정하지 않는 '적반하장의 예법'이며, 이제는 그 '적반하장의 예법'을 반성하고 자연의 혜택과 자연의 은총에 무한한 감사함과 고마움을 표시하며 살아가라는 것이 손선희 시인의 「나무의 유언」이기도 한 것이다.

자연은 만물의 터전이고, 모든 만물들을 다 품어기른다. 나무의 죽음은 인간의 죽음이고 그 모든 생명체들의 죽음이다.

손선희 시인의 「나무의 유언」은 최후의 심판이자 그 집행선고라고 할 수가 있다.

최이근

각본

희극 속에 살아가는 가난한 거짓말
스스로 별을 따는 도전이 경이롭다

떠나가는 기차에서 뛰어내린 기분
자유롭다는 건 위험하지만 황홀하다
비평 속에 우월한 존재 간직한 판도라
힘을 얻는 바닥 딛고서야 되찾는다

빙하 녹여 먹는 메탄
먹장구름 하늘을 덮어오고
느닷없이 번개가 구름무늬 만들더니
억수같이 내리는 산성비
허공마저 떠내려 보낼 기세다

언제 그랬냐는 듯

부식토 냄새 솔솔 풍겨 나고
빛살 헤실거리고 늘어선 나무
상쾌한 냄새 쉼 없이 뿜어댄다

달빛 피워낸 산유화 봉오리
신선한 공기 한 초롱 머금고
폭력이 횡행하는 공포
선입견 태엽이 시간을 당긴다

모두 자연의 각본이다

📖

우리 인간들이 두 발로 걷고 두뇌를 사용하며 불을 다스릴 수가 있었던 것은 그리스 신화 속의 프로메테우스가 있었기 때문이라고 할 수가 있다. 프로메테우스는 전 인류의 창조주이자 문명과 문화의 수호신이라고 할 수가 있다. 하지만, 그러나 프로메테우스가 제우스를 비롯한 올림프스 신들을 경시하고 생멸을 거듭하는 인간들에게 너무나도 잘 해주는 것에 화가 난 나머지 신들 중의 신인 제우스는 '판도라'라는 절세의 미인을 창출해냈는데, 왜냐하면 판도라는 '모두의 선물'이 아니라 '전 인류의 재앙'이 되었기 때문이다. 프로메테우스가 제우스가 보내온 선물은 그 어떤 것도 받아서는 안 된다고 경고를 했지만, 그의 동생인 에피메테우스는 그것을 받았고, 판도라는 그녀의 호기심을 참지 못하고 그 상자 뚜껑을 열어 제쳤던 것이다. 제우스가 보낸 상자에는 모든 불행의 원천이 담겨 있었는데, 그 상자 속에는 온갖 전염병과 슬픔과 해악이 들어 있었던 것이다. 우리 인간들이 서로가 서로를 미워하며 온갖 질병과 재앙에 시달리게 된 것은 '판도라의 호기심' 때문이라는 말도 있지만, 그러나 그 불행 중에서도 지극히 다행스러웠던 것은 그 상자 속에는 희망이 들어 있었고, 이 희망 때문에 오늘날과도 같은 문명과 문화의 생활을 하고 있는 것인지도 모른다.

앎(지혜)은 우리 인간들의 목표를 정하고, 도덕은 그 목표를 추구할 수 있는 방법을 만든다. 세계가 있고, 만물이 있고, 그 다음에 우리 인간들이 있다. 국가가 있고, 국민이 있고, 그 다음에 '내'가 있다. 모든 동식물들과 우리 인간들은 서로가 서로를 믿고 모두가 다 같이 행복하게 살 수 있는 지상낙원을 건설하는 것이 근본 목표라고 할 수가 있다. 하지만, 그러나 이기심은 우리 인간들만의 목표에 맞닿아 있고, 탐욕은 개인의 이익에만 맞닿아 있다. 인문주의와 개인주의는 '만악의 근거'이며, 이 인문주의와 개인주의를 버리지 않는 한 우리 인간들은 이 세상의 영원한 어릿광대, 즉, '희극배우'가 될 수밖에 없는 것이다. 기껏해야 사회적 활동을 할 수 있는 기간이 5~60년도 채 안 되는 인간들이 영원불멸의 삶을 추구하고, 하늘의 별을 따겠다는 만행으로 이 지구촌을 소멸시켜 가고 있는 것이다. 스스로 희극 속에서 "가난한 거짓말"로 살아가는 것도 가소롭기 짝이 없지만, "빙하를 녹여 메탄"을 먹고, "먹장구름의 하늘"에서 "억수같이 산성비"를 쏟아지게 하는 만행은 그 어떤 참회와 속죄제로도 감히 용서받을 수가 없다. 온갖 전염병과 슬픔과 해악이 다 쏟아져 나온 듯하고, 모든 희망이 지옥으로 가는 쾌속열차를 타고 있는 것도 같다. 제우스와 여호와 하나님이 손을 맞잡고 천둥과 번개로 이 세상을 싹쓸이 해버리고, 두 번 다시 우리 인간들을 창조하지 않을 것 같다. 인간이란 무엇이냐? 자나깨나 자기 자신의 이기심과 탐욕에 찌든 악마들이고, 제우스와 여호와 하나님의 목을 비틀어버리는 영원한 불량배들이자 어릿광대들에 지나지 않는다.

자연이 인간을 품어 기르는 것이지, 우리 인간들이 자연을 품어 기르는 것이 아니다. 가는 말이 고와야 오는 말이 곱고, 오는 정이 있어야 가는 정도 있다. 자연은 언제, 어느 때나 자연 그대로의 자연이며, 모든 만물들을 다 품어 기른다. "언제 그랬냐는 듯/ 부식토 냄새 솔솔 풍겨 나고/ 빛살 헤실거리고 늘어선 나무/ 상쾌한 냄새 쉼 없이 뿜어댄다." "달빛 피워낸 산유화 봉오리"는 "신선한 공기 한 초롱 머금고" "폭력이 횡행하는 공포"에는 "선입견 태엽이 시간을 당긴다." 작용이 있으면 반작용이 있듯이, 우리 인간들의 만행에는 천재지변과도 같은 대 재앙이 약속되어 있는 것이다.

최이근 시인의 「각본」은 '인간 멸종의 각본'이며, 이것이 자연의 법칙의 진면목인 것이다.

자연의 각본: 메탄가스와 산성비로 우리 판도라의 후예들을 다 살처분할 날이 다가온 것이다.

황순각

해바라기 사진

남편이 노란 꽃밭을 한아름 보내왔다

당신 속 감성들이 동면에서 깨어났나

어서와 해바라기들

울 앞길에 피어주라

📖

남편은 하늘이고, 아내는 대지이다. 하늘과 대지가 만나 자식을 낳으면 종의 번영과 행복이 약속된다.

남편은 아버지이자 스승이고 최후의 심판관이 되어야 하고, 아내는 아들과 딸을 낳고 그 아들과 딸들에게 젖을 주며, 어떤 고난과 역경에도 버텨나갈 수 있는 삶의 텃밭이 되어주지 않으면 안 된다.

한 가정이나 한 국가의 미래는 자손들에게 달려 있고, 이 자손들의 미래는 최고급의 지혜를 창출해낼 수 있는 교육에 달려 있다.

이 세상에 가장 힘 센 것은 무엇인가? 희망이다. 희망은 언제, 어느 때나 해바라기처럼 키가 크고, 우리들의 미래의 기쁨과 즐거움과 행복을 열매 맺는다.

"어서와 해바라기들/ 울 앞길에 피어주라!"

시는 우리 인간들의 자기 위로와 자기 찬양의 최고급의

예술이고, 이 서정시의 아름다움으로 이 세상의 지상낙원을 연출해 놓는다.

황순각 시인의 「해바라기 사진」은 '부부애의 꽃'이자 가장 아름답고 '성스러운 꽃'이라고 할 수가 있다.

이 세상에서 가장 사악한 자는 누구인가? 술 한 잔, 밥 한 그릇 안 사는 인색한 자식이다. 그의 인색은 탐욕이고, 그의 탐욕은 근면 성실한 사람들의 피를 빨아먹고, 이 세상을 지옥으로 몰아넣는 대재앙과도 같다.

부자로서 죽는 것은 부끄러운 일이고, 그래서 문화선진국의 부자들처럼 전 재산을 다 사회에 환원하고 죽어가지 않으면 안 된다. 산다는 것은 생명이 생명을 먹는 것이고, 죽는다는 것은 자기 자신의 생명을 먹이로 바친다는 것이다.

인색한 자는 영원불멸의 삶을 꿈꾸며 부채상환을 거부하는 자이고, 이 대악당들을 추방하지 않으면 대한민국처럼 영원한 불량국가의 신세를 면하지 못하게 되는 것이다.

어느 누가 영원한 지옥으로 가게 되어 있는가?

우리들의 영원한 꽃밭, 즉, 해바라기꽃밭을 쑥대밭으로 만들고 있는 인색한 자식이다.

이종분

쌈닭

엄마 쌈닭 맞지요

독하긴 했지

그러니까 네 애비하고 살았다
이놈아

싸움은 만물의 아버지이며, 이 세상은 싸움의 장소에 지나지 않는다. 싸움은 내가 나로서 존재하고 살아가는 방법이며, 모든 교육은 이 싸움의 기술을 익히는 것에 지나지 않는다.

부모와 자식 간에도 싸움이 있고, 아내와 남편 사이에도 싸움이 있다. 친구과 친구 사이에도 싸움이 있고, 스승과 제자 사이에도 싸움이 있다. 적과 적 사이에도 싸움이 있고, 희극과 비극 속에도 싸움이 있다. 미녀와 야수라는 말이 있듯이, 모든 미녀들은 싸움꾼을 좋아한다. 모든 미녀들도 싸움을 좋아하고, 그들은 힘이 약한 만큼, 사내 중의 사내인 야수를 선택함으로써 이 세상을 지배하고자 한다.

모든 영화와 소설, 모든 노래와 춤도 그 주제는 싸움이며, 이 싸움의 궁극적인 목표는 이 세계와 타인들을 지배하는 것이다.

"나는 명령하는 사람이고, 너희들은 복종해야 한다."

"엄마 쌈닭 맞지요// 독하긴 했지// 그러니까 네 애비하고 살았다/ 이놈아!"

참으로 백전백승의 여장부다운 사람이 이 「쌈닭」의 주인공인 이종분 시인인 것이다.

독해야 한다. 이 '사즉생의 각오'가 임전무퇴의 정신인 것이다.

국가가 있고, 국민이 있고, 그리고 내가 있다. 하지만, 그러나 우리 한국인들에게는 '나'만 있고, 국가와 국민이 없다.

한국의 재벌들, 즉, 이재용과 정의선과 최태원 등은 미국 같으면 전 재산을 몰수당하고 200년 징역형을 살아야 할 범죄자에 지나지 않는다. '부의 대물림'은 만악의 근원이며, 한 국가의 부의 순환과 사법질서를 초토화시키는 대역죄에 해당하기 때문이다.

팔과 다리가 잘려 나가면 내 팔과 다리가 아니듯이, 이 불량배들은 영원한 선진국민이 될 수가 없는 것이다.

아아, 한국인들아, 너희들이 남북분단이 무엇이고, 남북통일이 무엇인지 아느냐?

배 영 운

노인

겪어야 할, 겪지 말아야 할 일

다 겪은 그 이름은 노인

건망증처럼 금방 잊히면 좋으련만,

삶은 미련과 후회

못다 한 인연과 이루지 못한 꿈

어쩔 수 없는 아쉬움 속에 산다

미군 철수와 남북통일은 겪어야 할 일이고, 남북분단과 동족상잔의 비극은 겪지 말아야 할 일이다. 사교육비가 하나도 안 드는 '독서중심의 글쓰기 교육'을 통해서 해마다 노벨상을 타는 것은 겪어야 할 일이고, 일제식 암기교육과 표절학자들이 쏟아져 나오는 것은 겪지 말아야 할 일이다. 일등국가와 일등국민이 되어 전 인류의 존경과 찬양을 받는 삶은 겪어야 할 일이고, 상호 간의 증오와 질투와 시기와 불신은 겪지 말아야 할 일이다.

배영운 시인의 「노인」에서처럼 겪어야 할 일은 겪지 못하고, 겪지 말아야 할 일을 다 겪은 '노인'처럼 불쌍하고 비참한 사람은 없다.

아아, 한국인들이여! 미군을 철수시키고 남북통일을 이룩하고 해마다 노벨상을 수상하며, 전 인류의 존경과 찬양을 받는 일이 그토록 싫고 어렵단 말인가?

나는 언제, 어느 때나 전 인류의 스승들의 책을 읽고 글을 쓰며 열혈청년처럼 살아왔다. 니체를 읽었고, 쇼펜하우어를 읽었다. 마르크스와 칸트를 읽었고, 플라톤과 데카르트를 읽었다. 아리스토텔레스와 스피노자를 읽었고, 셰익스피어와 괴테를 읽었다. 그리스 로마 신화와 성경을 읽었고, 그리스의 비극과 희극을 읽었다. 장 자크 루소와 공자와 맹자를 읽었고, 나폴레옹 황제와 알렉산더 대왕을 읽었다. 호머와 노자와 장자를 읽었고, 이밖에도 수많은 전 인류의 스승들의 책을 읽고, 또 읽었다.

하지만, 그러나 한국인으로서의 "삶은 미련과 후회"뿐, 낙천주의 사상가로서의 나의 꿈을 이룰 수가 없었다. 나의 최종 학력은 초등학교 졸업—, 나는 수많은 멸시와 문전박대 속에 살아왔으면서도 오직 혼자서 공부를 하고 글을 쓰며, 우리 한국인들이 '고급문화인', 즉, '사상가와 예술가의 민족'이 될 수 있기를 꿈꾸며 살아왔던 것이다.

이 '반경환'처럼 자기 스스로 혼자서 공부하며 낙천주의 사상을 정립하는 삶과 무인도에서도, 백령도에서도, 백두산과 한라산 골짜기에서도 전 인류의 스승들의 책을 읽으며 '사교육비'가 하나도 안 드는 '독서중심의 글쓰기 교육'

을 왜, 실시하지 못하는가?

정치는 무보수 명예직이고, 모든 공직자는 정년이 보장되고, 만악의 근원인 '부의 대물림'과 '전관예우'를 왜, 뿌리뽑지 못하고 그토록 더럽고 추한 사색당쟁과 부정부패로만 일관하고 있단 말인가?

미군 철수와 남북통일은 지상과제이며, 당신이, 당신이, 나폴레옹 황제이거나 알렉산더 대왕이거나, 만델라나 전 인류의 스승이라면 미군 철수와 남북통일처럼 간단하고 손쉬운 것도 없다. 미국 철수와 남북통일의 방법은 만 가지도 넘으며, 미군 철수와 남북통일을 이룩하지 못하면 대한민국의 미래의 희망은 없다고 해도 과언이 아니다.

나는 일찍이 우리 대한민국과 우리 한국인들의 영광을 위하여『애지愛知』의 깃발—단군 조선과 홍익인간의 깃발—을 들었던 것이고, 그 결과, 나의 행복론, 즉, '낙천주의 사상'을 정립하게 되었던 것이다.

『애지愛知』—, 앎은 나의 정신과 육체의 양식이고, 언제, 어느 때나 노년을 모르는 영원한 젊음의 불꽃이라고 할 수가 있다.

우리 한국인들은 언제, 어느 때나 전 인류의 스승들의 책을 읽고, 그들과 대화를 나누며, 자기 자신을 높이 높이 끌어 올리는 고귀하고 위대한 인간의 삶을 살지 않으면 안 된다.

『애지愛知』, 『애지愛知』—. 이것이 나의 최후의 유언이고, 나는 영원히 젊고 열혈청년처럼 우리 한국인들과 살아가게 될 것이다.

김영석

복어꽃

아야진항 비린내 나는 횟집이 좋다

복어꽃 먹기에는

소주가 좋지

아니 맑은 청주가 좋지

복사꽃 꽃잎 같은 복어꽃

하늘하늘하여 손대기 싫지만

꽃잎 하나 입에 넣으면

향기가 칼날이 되어

조각조각 혀를 자른다

아름다운 꽃에는 칼날이 있다는데

복어꽃에는 독이 있단다

혀도 마비시키고 뇌도 마비시키는

복어꽃이란다

향기도 독이 되는

복어꽃잎 한 마리

독에 취하는지 술에 취하는지

온 가슴 속에서 헤엄친다

바다 내음 가득도 하다

모든 좋음은 나쁨에 기초해 있고, 모든 아름다움은 추함에 기초해 있다. 모든 도덕은 부도덕에 기초해 있고, 모든 약은 그 독에 기초해 있다. 선악을 알고 선악을 넘어서서 이 선과 악을 전면적으로 관리하고 통제할 수 있는 자만이 진정한 시인이자 철학적 의사라고 할 수가 있다.

복어는 복어목 복과에 속하는 물고기이며, 맛과 육질이 뛰어나 하천-강과 바다가 만나는 기수 지역-에 사는 하돈河豚이라고 불렀는데, 이 복어가 가진 독은 청산가리의 1,000배가 되는 맹독성이라고 한다. 물고기로서의 복어는 맹독성 어종이기는 하지만, 우리 인간들은 그 옛날부터 복어를 먹어 왔다고 한다. 복어국은 봄날에 잠깐 먹는 제철 음식이지만, 복어회는 최고급의 음식이며, 그 맛과 식감 하나만큼은 타의 추종을 불허한다고 한다. 복어회는 가격 대비 그 양이 아주 적지만, 그러나 한 번 복어회에 중독되면 그 가격 따위는 따지지도 않는다고 한다.

김영석 시인의 「복어꽃」은 그의 미식취향의 산물이자 '복어에 대한 찬가'라고 할 수가 있다. "아야진항 비린내 나는 횟집이 좋다/ 복어꽃 먹기에는/ 소주가 좋지/ 아니 맑은 청주가 좋지"라고 복어를 생각하기만 해도 벌써 취하고, 그 취한 기분에 복어살을 "복사꽃 꽃잎 같은 복어꽃"이라고 온갖 미사여구美辭麗句와 과장법을 동원하게 된다. 복어맛에 술이 빠질 리가 없고, 술을 마시자니 도화살 만발한 미녀를 부르지 않을 수가 없다.

복어를 좋아하면 술을 좋아하게 되고, 술을 좋아하면 재색을 겸비한 미녀를 좋아하게 된다. 미식취향과 음주가무는 복어꽃과 복사꽃이 만발한 봄날의 특권이자 대동단결의 축제일 수도 있다. "복사꽃 꽃잎 같은 복어꽃/ 하늘하늘하여 손대기 싫지만" 절세의 미녀와 키스를 하듯이, "꽃잎 하나 입에 넣으면/ 향기가 칼날이 되어/ 조각조각 혀를" 자르게 된다. 요컨대 내가 복어를 먹는 것인지, 복어의 향기(맛)가 나를 먹는지 모르게 된다는 것이다.

장미에도 가시가 있고, 양귀비에도 독이 있다. 옻나무에도 독이 있고, 권력에도 칼이 있다. 미녀에게도 독이 있고, 귀족에게도 칼이 있다. 아름다움에도 독이 있고, 시의 향기는 천리, 만리 퍼져나가지만, 이 언어의 꽃에 중독되면

‘저주받은 시인의 운명’에서 헤어날 수가 없다. 복어꽃과 복사꽃도 혀와 뇌를 마바시키고, 술의 꽃과 시의 꽃도 혀와 뇌를 마비시키고, 궁극적으로는 우리 인간들의 사지와 이 세상의 삶도 마비시킨다.

복어꽃이란다
향기도 독이 되는
복어꽃잎 한 마리
독에 취하는지 술에 취하는지
온 가슴 속에서 헤엄친다
바다 내음 가득도 하다

김영석 시인은 복어꽃을 부르고, 복어꽃은 복사꽃을 부른다. 클레오파트라는 돈주앙을 부르고, 돈주앙은 시인을 부른다. 이 세상은 가장 크고 거대한 ‘복어꽃의 바다’이며, 우리는 복어꽃에 취하지 않고는 살아갈 수가 없다.

복어꽃 중독, 복사꽃 중독, 알콜 중독, 시의 중독—.

김영석 시인은 영원한 아름다움에 중독된 「복어꽃」 시인이라고 할 수가 있다.

작자 미상

나바호 인디언의 기도

내 앞에 있는 아름다움과 함께 걸어갈 수 있기를

내 뒤에 있는 아름다움과 함께 걸어갈 수 있기를

내 위에 있는 아름다움과 함께 걸어갈 수 있기를

내 아래에 있는 아름다움과 함께 걸어갈 수 있기를

내 사방을 에워싼 아름다움과 함께 걸어갈 수 있기를

이 아름다운 길을 가는 동안 그렇게 내내

오늘날의 지구촌의 재앙은 메르스와 코로나와도 같은 전염병 때문도 아니고, 대지진과 화산폭발이나 이상고온과 이상저온 등의 기상이변 때문도 아니다. 오늘날의 지구촌의 재앙은 단 한 가지, 즉, 우리 인간들의 탐욕 때문이며, 돈을 최고의 미덕으로 삼는 '자본주의의 사상' 때문이라고 할 수가 있다.

자본은 경제의 문제이지, 도덕과 법과 선악의 문제가 아니다. 돈만 된다면 해저 밑의 석유와 천연가스도 끌어올릴 수가 있고, 돈만 된다면 남극과 북극의 빙산도 다 녹일 수가 있다. 돈만 된다면 호랑이와 사자의 생식기를 잘라서 불로장생의 약을 만들 수도 있고, 돈만 된다면 인간과 돼지를 결합시켜 새로운 '돼지 인간'을 탄생시킬 수도 있다. 돈만 된다면 모든 신전과 성상을 다 파괴시키고, 새로운 로봇과 인공지능으로 이 세계의 모든 인간들의 숨통을 끊어버릴 수도 있다.

이 세계는 거대한 감옥이며, 그 어떤 인간도 자본주의의 감옥을 탈출할 수가 없다. 돌로 치는 형벌, 사지를 찢어죽이는 형벌, 십자가에 못 박아 죽이는 형벌, 전기고문을 하거나 펄펄 끓는 물에 삶아버리는 형벌, 100년, 200년 징역형으로 그의 인생 전체를 박탈하는 형벌 등이 있었지만, 그러나 이 형벌들은 오늘날의 자본주의의 형벌에 비하면 너무나도 인간적인 형벌이었다고 할 수가 있다. 자본주의 사회의 최악의 형벌은 수명연장이며, 우리 늙은이들에게 자기 스스로의 삶과 죽음의 결정권을 박탈하고 오직 '인문주의의 이름'으로 '요양원'과 '요양병원'에 무차별적으로 감금시키고 있는 것이라고 할 수가 있다. 요양원과 요양병원은 인류의 역사상 가장 더럽고 끔찍한 고문치사의 장소이며, 우리 늙은이들과 그 가족들에게 이루 말할 수 없는 치욕과 수치와 고통을 안겨주고 전 재산을 다 강탈해가는 대사기극의 형장이라고 할 수가 있는 것이다.

인仁은 모든 사람들을 사랑과 관용으로 대하는 것을 뜻하고, 의義는 눈앞의 이익을 보면 전체의 이익을 생각하는 것을 말한다. 예禮는 모든 사람들을 차별없이 인간 대접을 하는 것을 말하고, 지智는 이 세상을 가장 아름다운 지상낙원으로 만드는 것을 말한다. 이제는 어짐도 없고, 의도 없다. 예도 없고, 지도 없다. 자본가의 얼굴은 철면피이고, 그의 심장은 이윤에 이윤을 더하는 탐욕으로 움직인다. 따라서 요양원과 요양병원은 지상의 낙원이라고 성화시키고, '수명연장의 산송장들'은 '역발산기개세'의 '천하대장군' 이라고 선포한다.

예로부터 의술은 인술이며, 환자의 이익을 위해 존재하는 것이었지만, 오늘날의 의술은 사기술의 극치이며, 이 세계를 산송장의 천국으로 만들어 놓고 그들의 전 재산을 강탈해 가는 데에만 그 목적이 있다고 할 수가 있다. 어린 아기와 우리 젊은이들은 돈이 안 되기 때문에 관심 밖의 방치의 대상이 되고, 우리 늙은이들은 '실버산업의 대역군' 이기 때문에 끊임없는 존경과 찬양의 대상이 된다. 이것이 '저출산 고령화 현상'의 근본 원인이며, 모든 국가가 만성적인 복지비용으로 그처럼 쇠퇴하고 몰락해가고 있는 근본 원인이기도 한 것이다.

이제는 그 옛날의 「나바호 인디언의 기도」는 그 유효성을 상실하고, 「우리 자본가들의 기도」가 새롭게 탄생했다고 할 수가 있다.

내 앞에 있는 돈과 함께 걸어갈 수 있기를

내 뒤에 있는 돈과 함께 걸어갈 수 있기를
내 위에 있는 돈과 함께 걸어갈 수 있기를
내 아래에 있는 돈과 함께 걸어갈 수 있기를
내 사방을 에워싼 돈과 함께 걸어갈 수 있기를
이 아름다운 돈꽃이 피는 동안 그렇게 내내

사람이 꽃보다 아름다운 시대가 아니라, 돈이 사람보다 아름다운 세상이 된 것이다. 여호와 하나님과 예수가 전지전능한 것이 아니라, 모든 사제들이 돈의 충복되어 여호와 하나님과 예수의 숨통을 끊어버린 시대가 된 것이다.

아아, 우리 늙은이들이 똥오줌을 싸는 것은 황금의 똥을 싸는 것이고, 우리 늙은이들이 오래오래 사는 것은 온 세상을 '장수만세의 천국'으로 만들고 있는 것이다.

아아, 우리 자연과학자들과 우리 의료산업의 자본가들이여! 이 세계를 요양원과 요양병원의 천국으로 만들고, 자기 자신과 아들과 딸들과 이웃들도 몰라보며 똥오줌을 싸는 산송장들이 우리 인간들의 미래의 희망이란 말인가? 하루바삐 인간수명의 생명공학을 중단시키고, 모든 요양원과 요양병원들을 다 소각하고, 우리들의 고귀하고 거룩한 부모님들에게 '존엄사'를 처방해주기를 바란다. 요양원과 요양병원은 그 옛날의 이시이의 '731부대의 생체실험장'과도 같으며, 우리들의 아버지와 어머니를 고문치사시키는 감옥이라고 할 수가 있는 것이다. 우리 자연과학자들은 우리 자본가들이 고용한 살인청부업자이자 황금알을 낳은 거위라고 할 수가 있다.

우리 늙은이들과 우리 자본가들에게 미래의 희망과 모든 일자리를 다 빼앗긴 만국의 노동자들이여! 하루바삐 일치단결하여 총궐기하기를 바란다. 두 발로 서지 못하고 타인의 도움과 의사와 병원에게만 의존하는 우리 산송장들을 살처분하고, 그 옛날의 푸르고 젊은 지구촌을 건설하기를 바란다.

푸르고 푸른 지구촌의 세상과 이 세계의 미래는 우리 젊은이들의 세계임을 잊지 말기를 바란다.

글나라

호두

청설모 지구를 파먹고 있다

까만 눈동자 까만 털
손으로 파먹는 모습 사람 흉내낸다

빠른 점프 나무위 오르내리며
하늘 맞닿은 곳에 매달린 열매
다 까먹는다
소우주인 사람의 씨주머니
눈 깜빡 하는 사이
모두 털렸다

풍광이 좋은 자리 차지하고 앉아
야금야금 다 파먹고 빈 껍질만 떨어뜨린다

호두나무를 애써 가꾼 나는
청설모가 가끔 실수로 떨어뜨린
열아락만 주워 먹는다

푸른 지구안 사람의 뇌를 닮은 속살

하긴, 사람도 저렇게 푸른 지구의 뇌를 파먹고 있지 않는가

인간의 까만 욕심을 까맣게 잊고
청설모를 쫓아내던 내가 슬며시 부끄러워지는 날

📖

호두는 가래나무과의 낙엽교목이고, 그 키는 20m까지 자란다. 호두는 중국이 원산지이며, 경기도 이남에서 유실수로 많이 재배하고 있다고 한다. 호두는 호두과자의 재료와 강장제로 사용되기도 하고, 유정遺精과 변비치료에도 좋다고 한다. 호두기름은 피부병 치료에도 좋고, 호두는 정월 대보름날 귀신을 쫓아내는 부럼으로 사용되기도 하며, 호두나무의 목재는 그 재질이 좋아 가구와 조각재로 사용되기도 한다.

청설모는 청설모과 청설모속의 동물이며, 저지대와 평지대, 그리고 고산지대의 산림에 폭넓게 서식한다. 상록 침엽수가 있는 산림을 선호하고, 주로 나무 위에서 활동하며 지상에서 활동하는 시간은 매우 적다. 호두와 잣과 밤과 도토리와 버섯과 곤충 등을 먹으며, 겨울철의 먹이부족을 위해 도토리와 밤 등을 땅 속에 저장하거나 바위와 나무 틈새에 감추어 두는 특성이 있다.

글나라 시인의 「호두」는 "푸른 지구의 뇌"와도 같으며, 인간과 청설모가 이 '호두'를 두고 적대적 공생관계에 놓여 있다는 사실을 매우 안타깝게 노래하고 있다고 할 수가 있다. 시적 화자에게 있어서의 '호두'는 경제적 수입의 원천이 되지만, 청설모에게 있어서의 '호두'는 그의 동체성의 보존과 삶의 행복의 원천이 된다. 청설모는 시적 화자의 호두를 훔쳐 먹으려고 하고, 시적 화자는 청설모의 약탈을 방비하기 위하여 "인간의 까만 욕심을 까맣게 잊고/ 청설모를 쫓아"내고 자 한다.

권력도 부자지간에 공유할 수가 없고, 송이버섯밭, 즉, 황금밭도 부자지간에 공유할 수가 없다. 이 세상의 모든 싸움이 밥그릇 싸움이듯이, 청설모가 호두를 따먹고 있는 모습은 "지구를 파먹고" 있는 것과도 같고, 그 먹이활동의 모습은 타의 추종을 불허한다. "까만 눈동자 까만 털/ 손으로 파먹는 모습"은 "사람 흉내"를 내고, "빠른 점프로 나무위 오르내리며" "하늘 맞닿은 곳에 매달린 열매/ 다 까먹는" 모습은 마치 신기에 가깝다. 이 세상에서 가장 아름답고 성스러운 것은 먹이활동이며, 모든 학문과 예술의 존재근거는 이 먹이활동에 있다고 할 수가 있다.

호두는 시적 화자에게 소우주이고, "사람의 씨주머

니"(수입의 원천)이지만, 청설모에게는 다만 고맙고 맛있는 자연의 혜택일 뿐이다. 그 결과, 신바람난 청설모에게 "눈 깜빡 하는 사이" 모두 다 털릴 수밖에 없었던 것이고, 청설모는 "풍광이 좋은 자리 차지하고 앉아/ 야금야금 다 파먹고 빈 껍질만 떨어뜨린다." "호두나무를 애써 가꾼 나는/ 청설모가 가끔 실수로 떨어뜨린/ 열아락만 주워 먹"으며, 그 적대적 공생관계를 이렇게 노래한다.

"푸른 지구안 사람의 뇌를 닮은 속살/ 하긴, 사람도 저렇게 푸른 지구의 뇌를 파먹고 있지 않는가?"

나도 푸른 지구의 뇌를 파먹고, 청설모도 푸른 지구의 뇌를 파먹는다. 호두는 인간의 두뇌와도 아주 유사하고, 인간의 두뇌는 푸른 지구의 모습과도 아주 유사하다. 산다는 것은 생명이 생명을 먹는다는 것이고, 죽는다는 것은 자기 자신의 생명을 먹이로 바친다는 것이다. 먹이사슬은 자연의 법칙이고, 이 자연의 법칙은 어떠한 특정의 종과 개체를 위해 존재하지 않는다. 자연의 법칙에는 어떠한 특권과 특혜도 없고, 언제, 어느 때나 자본과 부채의 합계는 제로(0)로서 그 균형과 조화를 이룬다.

산다는 것도 도이고, 죽는다는 것도 도이다. 먹이활동을 하는 것도 도이고, 먹잇감이 되는 것도 도이다. 도란 이상적인 사회와 그 행복에 이르는 길을 말하지만, 그러나 그 이상적인 사회와 행복으로 가는 길은 보이지도 않는다.

당신은, 당신은 당신의 호두를 수확할 것인가? 당신은, 당신은 당신의 호두를 청설모에게 다 빼앗기고 말 것인가? 아침에 도를 들어도, 아니, 날이면 날마다 도를 들어도 그 도를 실천하기는 참으로 어렵고 힘든 것이다.

2부

임영남 김선옥 김 은 이관묵 정여운
황상순 하 록 이순화 현상연 이명자
박미자 안정옥 우종숙 반칠환 박정란
송승안 천양희 신원철

임영남

선운사 동백

선운사 동백나무 아랫도리

우는 아이 서 있네

초경을 하고서 부끄러운 듯

📖

임영남 시인의 「선운사 동백」은 아주 짧은 삼행 시의 진수이자 그 아름다움의 극치라고 할 수가 있다. 단 세 줄의 시구로 '선운사 동백'의 우주를 창조하고, 붉디 붉은 동백으로 미래의 성모를 탄생시킨 것이다. 붉디 붉은 동백꽃은 어린소녀의 초경이 되고, 이제 마악 초경을 끝낸 어린소녀는 한겨울의 동장군을 물리칠 전 인류의 영웅들을 생산해내게 될 것이다.

지혜와 용기와 성실함의 상징이자 대명사인 선운사 동백, 모두가 다 변절을 해도 '선운사 동백'은 죄를 짓지 않으며, 미래의 성모로서 영원할 것이다.

대한민국의 여당과 야당은 부패공동체이며, 영원한 동지애를 자랑한다. 모든 국경일마다 특별사면으로 파렴치범들을 다 석방하고, 이 파렴치범들의 이름으로 모든 모범시민들을 다 때려 죽이자고 말한다.

진시황제와 나폴레옹 황제가 말한다.

전 인류의 파렴치범으로 존재하는 모든 한국인들을 다 살처분하라!!

김선옥

실직

냉장고 티브이 세탁기가 수거차에 오른다
한때는 거실에서 주방에서 몸값을 톡톡히 하던 저들

흔전만전 내부를 파먹다가
붉은 살 군데군데 붙어있는 수박껍질처럼
내다 버린다

신제품이 출시 되면서
십 년 수명도 못 채우고 고물이 된
고장 한번 없이 아직은 쓸 만한데
차에 실려 중고센터로 가는 몸

정년이 멀었는데 누가 버렸나

끊긴 출근길에서

갈고 닦고 조여보지만
어디에서도 중고품이 된 남자

신상품에
앉았던 자리를 내어주고
어금니 거뭇거뭇 녹슬어 가는 몸

📖

그 옛날에는 '사람이 꽃보다 아름답다'라고 노래를 부를 수가 있었지만, 이제는 '돈이 꽃보다 아름답다'라고 노래를 부르지 않으면 안 된다. 소위 돈과 인간의 지위가 역전된 것이고, 우리 인간들은 성인군자가 아닌 돈을 숭배하는 자본주의의 광신도가 된 것이다. 돈은 아주 계산에 민감하고 냉철하며, 오직 '이익이 되느냐/ 안 되느냐'만을 가지고 그 모든 것을 평가한다.

인공지능은 아주 효율적이고 인간보다 천배는 더 뛰어나고, 이제는 인공지능이 우리 자본가들의 충신이 되었다. 인공지능병원이 들어서면 수많은 의료인들이 추풍의 낙엽처럼 떨어질 것이고, 인공지능로펌이나 인공지능법원이 들어서면 모든 법조인들이 추풍의 낙엽처럼 떨어지게 될 것이다.

추풍의 낙엽은 자연의 법칙에 따른 예고된 풍경이지만, 그러나 인공지능의 등장에 따른 실직은 '인간과 기계의 경쟁'에 따른 대참사라고 할 수가 있다. 제아무리 건강한 신체와 뛰어난 두뇌를 지녔다고 하더라도 인공지능의 등장 이후, 자본의 법칙에 따른 '고비용-저효율 구조의 쓸모 없는 인간'이 되어버린 것이다.

돈이 꽃보다 아름답고 돈이 인간보다 우월하다. "냉장고 티브이 세탁기가 수거차에 오"르고, "한때는 거실에서 주방에서 몸값을 톡톡히 하던 저들"이 그 건강함과 고유기능에는 상관없이 "신제품이 출시되면서/ 십년 수명도 못 채우고 고물이 된" 것이다. 고장 한번 없었다고 소리쳐도 소용이 없고, 정년이 아직 멀었다고 소리쳐도 아무런 소용이 없다. 자본의 물결은 새로운 물결이고, 자본의 법칙에 따라 '고비용-저효율 구조의 중고품들'은 모조리 다 폐기처분될 수밖에 없는 것이다.

밤낮으로 공부하고 밤낮으로 자기 자신의 몸을 갈고 닦으면서 새로운 일자리를 알아보지만, 한번 중고품으로 낙인이 찍힌 실직자들은 그 설자리가 없게 된다. "끊긴 출근길에서/ 갈고 닦고 조여보지만/ 어디에서도 중고품이 된 남자"가 그것을 말해주고, "신상품에/ 앉았던 자리를 내어주고/ 어금니 거뭇거뭇 녹슬어 가는 몸"이 그것을 말해준다. 신제품이나 신입사원들이 우리 자본가들을 황금의 천국으로 몰고 가는 천사들이라면 중고품이나 중견사원들은 사사건건 말썽이나 부리고 제자리만 사수하려는 '집 지키는 개'와도 같다고 할 수가 있는 것이다.

중고품은 골동품도 아니고, 폐품보다도 더 가슴이 아프고 쓰라린 존재에 지나지 않는다. 중고품(실직자)은 주군의 운명에 따라 무덤 속까지 따라가야만 했던 기쁨조와 순장조와도 같다. 이팔청춘— , 꽃다운 젊음이 다 피기도 전에 시대착오적인 실직자의 운명이 되고, 이 쓸모없음에 대한 고통과 분노로 이빨을 갈며, 자살특공대가 될 수밖에 없었던 것이 실직자의 운명일는지도 모른다.

인간은 만물의 척도도 아니고, 인간의 지위는 영원한 것도 아니다. 이제는 만물의 영장에서 중고품으로, 또는 '인간 중심주의'에서 '자본 중심주의'로 그 사회적 지위와 가치관이 변모를 하게 된 것이고, 우리 인간들은 다만, 황금알을 낳다가 비명횡사를 하게 될 '산란계'에 지나지 않게 되었다고 할 수가 있다.

김선옥 시인의 「실직」은 수사학의 꽃인 은유와 상징으로 구축되어 있으며, 중고품의 운명에 실직자의 운명을 덧씌우는 최고급의 인식의 제전을 펼쳐보인다.

아는 것은 힘이다. 김선옥 시인은 '자본주의의 음모'를 백일하에 파헤치고, '사람이 꽃보다 아름답다'라는 '인문주의의 찬가'를 부르게 된다.

김은

詩로 쓴 DMZ 투어

촉촉한 봄날
시의 발화점에 성냥개비 같은
統자 올려놓으니
화르르 一자로 불붙는 언어들

한반도 허리쯤
길이 248㎞에 폭 4㎞
철조망 지퍼가 쩌억 열리고

통일공원 한복판 금강송엔
흰두루미와 검은목두루미가 붙어서서
제 새끼들의 부화를 지켜본다

그러나 이내
녹슨 경의선 철로가 가슴팍을 누르고

죽순처럼 자라던 서정의 문장엔

DMZ 2㎞ 밖, 군홧발 그림자가 덮인다

우린 언제쯤이나

해남에서 온성*까지

새들처럼 오갈 수 있으려나

투어를 마치는 내 마음,

북에 두고 온 딸 생각에 눈감지 못하던

한 어미의 임종에 가닿는다

* 해남은 남쪽 땅끝이고 온성은 북쪽 땅끝이라 함

📖

나는 일찍이 '애지愛知'라는 나무를 심었고, 이 '애지'라는 나무를 통해서 '남북통일'과 '대한민국'이라는 열매를 수확하고자 했었다. 남북분단은 동족상잔의 비극이 아니라 대한제국(단군 조선)의 멸망의 산물이었던 것이다. 자기 땅과 자기 역사와 전통을 지킬 수 없었던 국력의 상실이 이웃 국가의 지배를 받게 되었던 것이고, 그 결과, 일제의 패망 이후, 동서 양 진영의 식민지 쟁탈전의 산물로서의 오늘날의 남북분단이 이루어질 수밖에 없었던 것이다.

남북분단의 근본 원인은 국력의 상실이며, 일제가 패망한 이후에도 아직까지 온전한 국가를 복원할 수가 없었던 것은 우리 한국인들이 남북통일을 이룩할 수 있는 힘(지혜)을 기르지 못했기 때문이다. 오늘날의 유대인이나 일본인, 혹은 독일인이나 인도인이라면 벌써 미군을 철수시키고 남북통일의 과업을 이룩할 수가 있었을 것이다. 대한민국은 미국이나 서양과는 아무런 관련도 없었던 국가이며,

오천 년의 역사와 전통을 지닌 우리 한국인들이 제대로 공부하고 그 앎을 실천한다면 남북통일을 이룩할 수 있는 방법은 천 가지, 아니 만 가지도 넘는다. 이 세상에 어느 깡패가 남의 나라와 남의 고향 땅에 들어와 우리 대한민국의 역사와 전통을 짓밟고 지난 80년 동안 자기 고향 땅과 부모형제도 만나지 못하게 하고 있단 말인가? 정의가 불의를 이기는 것도 아니고, 정의와 불의가 따로 존재하는 것도 아니다. 우리 한국인들이 오늘날의 독일인들처럼 한국의 역사와 전통을 지키고 남북통일을 이룩할 수 있는 힘을 기르지 않는다면 우리 대한민국의 멸망마저도 막을 힘이 없는 것이다.

이미 수차례 다른 글에서 역설한 바가 있듯이, 우리가 미군을 철수시키고 남북통일을 이룩할 수 있는 방법은 다음과도 같다. 첫 번째는 삼천리 금수강산에 쓰레기가 하나도 없을 정도로 기초생활질서를 확립하는 것이고, 두 번째는 일제식 암기교육을 폐기하고 독서중심의 글쓰기 교육을 통해 전 인류의 스승들을 배출해내는 것이다. 세 번째는 우리 부자들의 족벌주의와 부의 대물림을 뿌리뽑고 사회적 신분이동을 자연스럽게 하는 것이고, 네 번째는 미군을 철수시키고 미군 주둔비용의 절반을 유엔평화기금으로 납부하고 전 인류를 감동시키는 것이다. 미군 철수와 남북 통일의 방법은 만 가지도 넘고 그토록 쉬운 것이지만, 그러나 그 이전에 이 세계에서 가장 고귀하고 뛰어난 국민과 도덕국가임을 증명해 보이지 않으면 안 된다.

우리는 지난 80년 동안 남북통일에 관한 한 참으로 맛없고 더럽고 추한 식사만을 해왔다. 김일성 괴뢰도당, 초전박살, 멸공통일, 미군 만세, 상호비방과 쓰레기 투하, 주 예수찬양으로 단군과 홍익인간, 광개토 대왕과 세종대왕 등을 다 때려죽여 왔던 것이다. 김은 시인의 「시로 쓴 DMZ의 투어」는 제정신을 차리고 남북통일의 염원을 그만큼 간절하게 노래한 시라고 할 수가 있다. "촉촉한 봄날/ 시의 발화점에 성냥개비 같은/ 統자 올려놓으니/ 화르르 一자로" "언어들"이 불붙는다. 꿈을 꾸면 반드시 이루어지고, 따라서 '통 자'를 쓰면 '한일 자'는 저절로 씌어진다. "한반도 허리쯤/ 길이 248㎞에 폭 4㎞/ 철조망 지퍼가 쩌억 열리고" "통일공원 한복판 금강송엔/ 흰두루미와 검은목두루미가 붙어서서/ 제 새끼들의 부화를 지켜본다." 남한과 북한은 대한민국의 영토이며, 우리 한국인들의 신분은 흰두루미와 검은목두루미와도 같고, 그 어느 누구도 이 자유로운 오고 감을 막을 수가 없다.

하지만, "그러나 이내/ 녹슨 경의선 철로가 가슴팍을 누르고/ 죽순처럼 자라던 서정의 문장엔/ DMZ 2㎞ 밖, 군홧발 그림자가 덮인다." 적을 알고 나를 알면 백전백승이고, 싸우기도 전에 부정부패로 일관하고 주색잡기에 빠지면 우리 한국인들처럼 그 민족의 앞날의 희망이 없게 된다.

대한민국의 남북분단은 미국과 소련이 갈라놓은 것도 아니고, 조선을 식민지배했던 청나라와 일본이 원인을 제공했던 것도 아니다. 우리 한국인들이 국가와 국민이 무엇인지도 모르고, 그 모든 인간들이 사색당쟁과 주색잡기에 빠져서 자기 자신과 자기 자신의 삶의 터전, 즉, 조국을 사랑하지 않았기 때문이다. 자기 자신과 자기 자신의 나라를 사랑하지 않은 죄는 세계제일의 깡패집단인 미국의 죄보다도 더 크고, 이 천형의 형벌은 어느 누구도 면제해줄 수가 없는 것이다. "우린 언제쯤이나/ 해남에서 온성까지/ 새들처럼 오갈 수 있으려나"라는 한탄만으로도 안 되고, 안세영이 파리 올림픽에서 일본과 중국과 그 모든 강대국의 선수들을 큰대자로 뻗게 했듯이, 미국과 중국과 일본과 러시아보다도 더 깊이 있게 공부하고, 그들을 우리 한국인들의 전략과 전술, 즉, 삶의 지혜 앞에서 모조리 무릎을 꿇게 하지 않으면 안 된다.

김은 시인은 호주 시민권자인 해외동포이고, 그의 「시로 쓴 DMZ의 투어」는 제정신을 갖고 쓴 시라고 할 수가 있다. 「시로 쓴 DMZ의 투어」를 마치고, "북에 두고 온 딸 생각에 눈감지 못하던/ 한 어미의 임종"에 화답하는 것은 첫째도 애국이고, 둘째도 애국이고, 셋째도 애국이며, 이 '나라사랑의 힘'으로 자기 자신의 정신과 육체를 송두리째 불살라 버리는 것이다.

시로 쓴 남북통일의 염원, 김은 시인은 그의 붉디붉은 피로 이 '남북통일의 염원'을 노래한 것이다.

이관묵

마당이 깊은 집

외양간의 누런 소가

자신을 내일 읍내장에 내다 판다는 사립문의 몸 비트는 소릴 듣고 밤새 잠 안 자고 뒤척이는

그런 집을 나는 살았다

새벽녘 오줌 누러 나왔다가 소 얼굴 쓰다듬어 주고, 한참이나 목을 꼬오옥 안아주던

그런 집을 나는 살았다

다음 날 이른 아침 중절모 쓴 소 장수 손에 끌려가던 소가 뒤돌아 허공에 큰 울음 던지던

그런 집을 나는 살았다

그로부터 매일 달덩이 만한 소 울음이 몸이 되고 밤이 되는,

마당 넓이의 누런 가을을 종일 도리깨로 털던

그런 집을 나는 살았다

이 세상에서 가장 서럽고 원통한 사람은 고향이 없는 사람이고, 그보다 더 서럽고 원통한 사람은 나라가 없는 백성들일 것이다. 남자는 짐을 지고 여자는 보퉁이를 이고 문전걸식을 하며 떠돌던 시절도 있었고, 나라를 잃고 쫓겨나 일엽편주와도 같은 조각배에 올라타 동포들의 살과 뼈를 발라먹고 살아남은 '보트 피플들'도 있었다. 이 세상의 행복의 척도는 고향(집)과 나라이며, 이 고향과 나라 없는 사람들은 달콤한 잠과 행복한 꿈은커녕, 그 어떤 안전장치와 보호장치도 없는 '떠돌이-나그네들의 신세'에 지나지 않게 된다.

고향이 없는 자도 인간이 아니고, 나라가 없는 자도 인간이 아니다. 할아버지와 할머니도 모르고, 부모형제가 누구인지도 모른다. 언제, 어느 때, 어디서, 어느 누구의 자손으로 태어났는지도 모르고, 새해 첫날이나 추석명절에도 오고 갈 곳이 없다. 이민족의 말발굽에 조국의 산과 들이 짓밟히고 그의 부모형제들과 그의 동포들이 뿔뿔이 흩어져 이역만리로 떠돌아다니는 수많은 부랑자들과 난민들의 신세도 마찬가지일 것이다. 집은 존재의 근거이며, 그의 행복이 자라나는 곳이고, 고향과 조국은 그의 존재의 뿌리이며, 그가 반드시 그의 형제와 동포들과 함께 되돌아가야 할 곳이다. 집과 고향과 조국이 있는 자는 추억이 있는 자이며, 추억이 있는 자는 이관묵 시인처럼 「마당이 깊은 집」에서 자나깨나 지난날을 생각하며 자기 자신의 행복을 연주해나갈 수가 있었던 것이다.

농촌공동체가 자연 그대로 살아 있었고, 산업화의 시대가 본격적으로 도래하기 이전의 세대인 이관묵 시인은 인간과 인간, 인간과 자연, 인간과 짐승이 하나가 되는 '삼원일치의 시대'에 살았던 것이다. "외양간의 누런 소가/ 자신을 내일 읍내장에 내다 판다는 사립문의 몸 비트는 소릴 듣고 밤새 잠 안 자고 뒤척이는" 그런 집에서 나는 살았던 것이고, "새벽녘 오줌 누러 나왔다가 소 얼굴 쓰다듬어 주고, 한참이나 목을 꼬오옥 안아주던" 그런 집에서 나는 살았던 것이다. "다음 날 이른 아침 중절모 쓴 소 장수 손에 끌려가던 소가 뒤돌아 허공에 큰 울음 던지던" 그런 집에서 나는 살았던 것이고, "그로부터 매일 달덩이 만한 소 울음이 몸이 되고 밤이 되는/ 마당 넓이의 누런 가을을 종일 도리깨로 털던" 그런 집에서 나는 살았던 것이다.

정든 주인과 정든 집을 떠나기 싫었던 소와 정든 소와 정든 소와 함께 영원히 살고 싶었던 소망이 이관묵 시인의 「마당이 깊은 집」에는 배어 있는 것이고, 그 이별의 안타까움이 서정시로 승화되고 있는 것이다. 이별은 모든 인연의 끝이고, 이 세상에서 가장 슬프고 가슴 아픈 사건이라고 할 수가 있다. 이 이별의 아픔을 너무나도 잘 알고 있었기 때문에 소와 나는 그처럼 잠 못 이루며 슬퍼했던 것이고, 그 반면교사로서의 이 세상 사람들과의 인연을 더욱더 소중하게 생각하게 되었던 것인지도 모른다. 인간과 인간 사이에도 정이 있고, 인간과 자연 사이에도 정이 있으며, 인간과 짐승 사이에도 정이 있다. 정이란 믿음이고 사랑이며, 모두가 이 우주 속의 한 가족임을 의심하지 않을 때 피어나는 '인간 사랑의 꽃'이라고 할 수가 있는 것이다.

추억이 없고 악몽만 있는 '떠돌이-나그네들'은 모든 것을 은폐하지만, 악몽이 없고 추억만 있는 사람들은 그 모든 것을 미화시킨다. 추억의 본고장은 고향이고 집이고 조국이며, 그곳에서 나는 전설, 또는 신화의 주인공이 된다. 나는 시인이고 화가이며, 나는 나의 언어를 자유자재로 사용하며 시를 쓰고, 그 아름다운 시와 노래를 그림으로 그린다. 이관묵 시인의 「마당이 깊은 집」의 주인공은 '나'이며, 「마당이 깊은 집」은 나와 소와 우리 가족이 하나가 되는 그런 삶을 살았던 지상낙원이었다고 할 수가 있다.

추억은 그리움이고, 그리움이란 되돌릴 수 없는 사건과 인연을 되돌리고 싶어하는 심리적인 움직임이라고 할 수가 있다. 되돌릴 수 없는 사건과 인연을 되돌리고 싶어하니까, 그 간절한 마음은 더욱더 애틋해지고, 이 더욱더 애틋해지는 마음이 시가 되고 있는 것이다.

불가능은 없다. 「마당이 깊은 집」은 '마당이 깊은 집'으로서의 시인의 마음과 시 속에 사실 그대로 존재하고 있는 것이다.

언제, 어느 때나 되돌아가 외양간의 누런 소와 함께 살며, 나의 꿈을 펼칠 수 있는 「마당이 깊은 집」—.

언어는 시인의 육체이자 영혼이고, 언어는 시인의 고향이자 영원한 조국이다.

인간은 유한하지만, 시인은 영원하다.

정여운

플라스, 플라스, 플라스틱

플라스틱 헬멧을 쓴 청년의
플라스틱 배달 가방에서 플라스틱 도시락이 나온다
"배달왔습니다."라는 말이
"플라스틱 왔습니다."로 들린다

플라스틱 식탁 앞에서
플라스틱 의자에 앉아
플라스틱 도시락에 담긴 돼지고기 덮밥에
플라스틱 통에 담긴 육수와
플라스틱 통에 담긴 오이피클과
플라스틱 통에 담긴 치킨과
플라스틱 통에 담긴 무 깍두기를

플라스틱 숟가락과 플라스틱 포크로 먹는다

플라스, 플라스, 플라스틱
하루라도 플라스가 안 되면 안 되는 플라스틱

플라스틱 통에서 음식들이 썩는다
플라스틱 콜라를 캬아 들이키고
쿨럭 쿨럭 기침을 한다
플라스틱이 목에 걸렸나

지구는 플라스틱으로 가득차고
집집이 플라스틱 인간들이 넘쳐난다

📖

자본주의 사회의 병폐는 돈이 되면 무조건 저지르고 보고, 돈이 되지 않으면 그 어느 것도 거들떠보지 않는다. 이제 인도는 세계 최고의 인구 대국이 되었지만, 냉장고와 세탁기의 보급률은 7-8%밖에 되지 않는다고 한다. 만일, 15억의 인구를 자랑하는 인도의 가전제품의 보급율이 8-90%가 된다면 인도의 시장은 이 지구촌에서 가장 큰 시장이 되고, 따라서 이 지구촌의 대기업들은 너무나도 크나큰 돈을 벌게 될 것이다. 오늘날의 세계적인 대기업들은 인도에 생산기지를 확보하고 인도 시장을 공략하기에 혈안이 되어 있지만, 그것이 곧바로 환경재앙, 즉, 지구촌의 열대화를 가중시키고 이 세계의 종말을 앞당길 것이라는 사실은 생각하지도 않는다.

인간의 탐욕은 천연자원과 화석연료의 과다사용을 부추기고, 인간의 도덕적 불감증은 이 지구촌의 환경재앙과 쓰레기를 '나 몰라라' 외면한다. 탐욕은 모든 재앙들을 외면하고, 도덕은 자연 그대로의 환경을 강조한다. 정여운 시인의 「플라스, 플라스, 플라스틱」은 자본주의 사회의 우화이며, 문명의 이기인 플라스틱의 남용이 이 지구를 얼마나 오염시키고 그 후유증을 남기고 있는지를 가장 날카롭고 예리하게 펼쳐보인다. 풍자는 천하제일의 명검으로 이 세상의 반동인물들과 그 대상들의 목을 자르지만, 해학은 너무나도 상냥하고 친절한 웃음과 콧노래로 그들의 목을 비틀어버린다. 풍자의 주인공은 언제, 어느 때나 정공법을 좋아하고, 해학의 주인공은 자기 자신의 주특기를 숨긴 채 전략과 전술을 좋아한다.

"플라스틱 헬멧을 쓴 청년의/ 플라스틱 배달 가방에서 플라스틱 도시락이 나온다." "배달왔습니다라는 말이/ 플라스틱 왔습니다로 들"리고, "플라스틱 식탁 앞에서/ 플라스틱 의자에 앉아/ 플라스틱 도시락에 담긴 돼지고기 덮밥에/ 플라스틱 통에 담긴 육수와/ 플라스틱 통에 담긴 오이피클과/ 플라스틱 통에 담긴 치킨과/ 플라스틱 통에 담긴 무 깍두기를// 플라스틱 숟가락과 플라스틱 포크로 먹는다."

이제 플라스틱은 쌀과 보리와 밀과 고기를 대체할 주식이 되었고, 우리 인간들은 언제, 어느 때나 플라스틱을 먹으며, 플라스틱의 사랑을 꿈꾼다. 플라스틱 숟가락과 플라스틱 포크는 단순한 식사도구가 아닌 이 세상의 삶의 지휘봉이 되었고, 이 플라스틱 숟가락과 플라스틱 포크의 지휘에 따라 이 세상의 행복의 찬가가 울려퍼진다. "플라스, 플라스, 플라스틱/ 하루라도 플라스가 안 되면 안 되는 플라스틱"이라는 정여운 시인의 시구는 "하나님 아버지, 오늘도 우리에게 일용할 플라스틱을 주시고, 플라스틱 사랑을 하고, 플라스틱 똥을 누게 해주세요"라고 번역할 수도 있을 것이다.

플라스틱 두뇌, 플라스틱 팔과 다리, 플라스틱 내장과 플라스틱 성기, 플라스틱 호흡과 플라스틱 감성 등—. 하지만, 그러나 이 플라스틱 공화국에서는 그 모든 음식들이 다 플라스틱 통에서 썩는다. "플라스틱 콜라를 캬아 들이키"면서 썩고, "플라스틱이 목에 걸렸나"라고 "쿨럭 쿨럭 기침을" 하면서 썩는다. 그리하여 마침내, "지구는 플라스틱으로 가득차고/ 집집이 플라스틱 인간들로 넘쳐"나게 된다.

플라스틱은 고분자 화합물의 일종이며, 합성수지라고 부른다. 플라스틱은 우리가 원하는 모든 모양으로 가공할 수 있으며, 목재와 유리를 대체할 수도 있다. 철이나 알류미늄을 대체할 수도 있고, 다양한 용기와 그릇으로 사용할 수도 있다. 이처럼 산업사회의 가장 중요한 소재인 플라스틱은 유리와 목재와 철강을 대체함으로써 자연환경을 보호할 수도 있지만, 그러나 다른 한편으로는 플라스틱 쓰레기로 인하여 바다와 육지 등, 이 지구촌의 재앙 자체가 되고 있다고 할 수가 있다.

플라스틱은 불에 태우면 유독성 물질이 나오고, 그대로 버려두면 절대로 썩지 않으며, 수많은 생명체들이 플라스틱을 먹고 죽어가게 된다.

황상순

혼밥 소송

모름지기 밥은
봄안개 피어오르는 호수를 건너듯
주걱으로 노를 저으며 훗훗이 퍼야 한다
따뜻한 솥밥 한 그릇이면
어두웠던 몸이 환하게 백열전구를 켜는데
전자레인지를 열고 햇반을 꺼내다가
누룽지도 눋지 않는
쓸데없이 그냥 뜨겁기만 한 밥
앗, 뜨거워라
방바닥에 통째로 엎지르고
저것도 나와 마주할 생각이 없구나
손길 마다하는 야박한 뜨거움에
흩어진 밥알 주워 담다가
목구녕이 어찌하여 포도청인가, 억울한 심사에
골목길 지나는 개라도 붙잡아 앉혀놓고
송사를 벌려볼 작심을 해보는 것이다

📖

프랑스의 파리와 이탈리아의 로마, 독일의 베를린이나 스위스의 제네바 등, 오늘날의 그 아름답고 평화로운 유럽의 도시들마저도 이제는 곧 폐허로 변할 날이 얼마남지 않았다고 생각된다. 자본주의는 인간의 탐욕을 최고의 미덕으로 삼는 사회이며, 모든 인간의 공동체 사회를 다 파괴시켰다. 불교와 기독교의 종교적 공동체도 파괴시켰고, 유교적인 가정과 그 옛날의 농촌공동체도 파괴시켰으며, 무리를 짓는 사회적 동물로서의 그 모든 위계 질서도 파괴시켰다. 스승과 제자, 부모와 자식, 형제와 자매, 친구와 동료, 이웃과 이웃의 관계도 다 파괴시켰으며, 오늘날의 우리 인간들은 뿌리 없는 '나홀로족'이 되었다고 할 수가 있다.

자본주의 사회는 탐욕 공동체이며, 나의 이익이 그 모든 것에 우선하는 사회라고 할 수가 있다. 서로 서로 협력하면서도 속지 않으려고 발톱을 세우고, 자기 자신의 사명과 책임에 따라 일을 하면서도 누군가가 뒤통수를 칠까봐 잠시도 마음을 놓지 못한다. 부모형제지간의 사랑을 강조하면서도 나의 이익이 훼손될까봐 발톱을 세우고, 고향의 선산을 가꾸거나 조상의 제사를 지내는 것은 물론, 부모님을 모시는 것도 모두가 다 같이 죽기보다도 더 싫어한다. 자본주의 사회의 인간들은 서로가 서로를 믿지 못하기 때문에, 그 모든 만남과 인간의 관계가 싸움의 형태로 변질된다. 고소-고발이 일상사가 되었고, 특허소송이든, 상표권소송이든, 유산상속 소송이든, 끊임없는 소송전이 이 세상의 삶의 축제가 되었다.

대도시의 아파트와 현대식 주택은 우선적으로 교통이 좋아야 하고, 온갖 편의점과 백화점과 모든 문화시설이 다 갖추어져 있지 않으면 안 된다. 최첨단 엘리베이터와 지하주차장과 경비시설들도 다 갖추어져 있어야 하고, 이 현대식 편리함에 중독된 사람들은 그 옛날의 낡고 오래된 주택이 더없이 불편하고 거추장스럽기 짝이 없을 것이다. 시시때때로 낡은 건물을 수리해야 하고, 엘리베이터도 없고, 더, 더군다나 주차장조차도 없기 때문에, 제아무리 세계문화유산이라고 해도 우리 젊은이들과 '나홀로족'에게는 더 이상의 아무런 매력도 없는 주택들에 지나지 않는다. 달면 삼키고 쓰면 뱉는다. 세계문화유산은 이제 곧, 폐허가 되고, 우리 젊은이들은 모두가 다 같이 최첨단 신도시로 몰려가게 되어 있는 것이다.

황상순 시인은 그 옛날의 산업사회 이전에 태어난 사람이고, 유교적이며 가부장적인 공동체 사회에서 살던 사람이라고 할 수가 있다. '충효사상'을 기초로 하여 '가화만사성의 드라마'에 익숙한 사람에게는 혼자 살며 혼밥을 먹는다는 것은 사는 것이 죽는 것만도 못할 것이다. "모름지기 밥은/ 봄안개 피어오르는 호수를 건너듯/ 주걱으로 노를 저으며 홋홋이 펴야 한다." "따뜻한 솥밥 한 그릇이면/ 어두웠던 몸이 환하게 백열전구를" 켤 수도 있었겠지만, 그러나 이제는 따뜻한 솥밥을 함께 먹을 식구가 없는 것이다. 산업사회는 특성상 단산을 해야 하고, 1-2명의 자식들이 출가를 하면 모두가 다 같이 '나홀로족의 삶'을 살지 않으면 안 된다. 그 옛날의 밥상에 앉아 이런 얘기, 저런 얘기로 웃음꽃을 피우며 가정의 화목을 다지던 시절은 그야말로 꿈만도 같았던 그 옛날이 되었고, 이제는 마트에서 햇반을 사다가 전자레인지에다 덥혀 먹으면 되는 것이다.

황상순 시인의 「혼밥 소송」은 쓸데 없는 헛발질이며, 지나가는 개에게라도 화풀이를 해야겠다는 우화라고 할 수가 있다. 혼자 살며, 누룽지도 눋지 않는 전자레인지에서 햇반을 꺼내다가 그냥 너무나도 뜨거워 방바닥에 통째로 엎지르는 사고를 쳤다는 것이다. 요컨대 잘못은 자기 자신이 해놓고 그 부주의했음을 자책하기는커녕, “저것도 나와 마주할 생각이 없구나/ 손길 마다하는 야박한 뜨거움에/ 흩어진 밥알 주워 담다가” 그만 울화가 치밀어 올랐던 것이다.

목구멍이 포도청이다라는 말은 배가 고프면 죄를 짓는 것도 두려워하지 않는다는 말이고, 따라서 “목구녕이 어찌하여 포도청인가, 억울한 심사에/ 골목길 지나는 개라도 붙잡아 앉혀놓고/ 송사를 벌려볼 작심을 해보는 것이다”라는 시구에서처럼, ‘나홀로족의 분풀이’로 「혼밥 소송」이라도 해보겠다는 것이다.

나 혼자 산다. 참으로 사회적 동물로서의 저주 받은 삶이고, 사는 것이 죽는 것보다도 못한 삶이라고 할 수가 있다.

하록

초대

귀신

괴물

도깨비

시체

뭐가 됐든 놀러와 나는 쓸쓸하니까

악마는 영혼을 사주고 소원까지 들어준다지

어쩜

상냥하게도

땅이 나를 부른다 어지러울 정도로

어서 와 어서 와

열렬한 손짓

먼데서 내려다보다 감동하고 말아

그래 지금 갈게

지금 그리 갈게

새하얀 너를 만날 땐
나는 무엇보다 커다랄 거야
빛도 나만큼 화려하지 못할 거야
겨울처럼 강한 내가 달려들 거야

뭐가 됐든 놀러와
나는 기다리니까

📖

헤라클레이토스는 호머와 그리스의 비극작가 아이스킬로스를 최하 천민으로 혹평을 했다고 한다. 왜냐하면 '투쟁은 만물의 아버지'인데 그들은 모두가 다 같이 전쟁을 혐오하고 평화만을 사랑했기 때문이다. 전쟁과 평화, 선과 악은 둘이 아닌 하나이며, 따라서 '전쟁'에만 강조점을 둔 헤라클레이토스마저도 '성악설'에만 함몰된 판단력의 어릿광대라고 할 수가 있다.

낮에는 신사 역할을 할 수도 있고, 밤에는 건달 역할을 할 수도 있다. 또한 낮에는 악마 역할을 할 수도 있고, 밤에는 천사 역할을 할 수도 있다. 하지만, 그러나 이처럼 시간과 장소에 따라서 그 역할을 달리한다는 것은 아주 단순한 이분법적인 사고방식에 불과하고, 따라서 우리 인간들은 시간과 장소와 위치와 그 입장에 따라서 다양한 역할들을 소화하면서 살아가고 있다고 할 수가 있다. 인생은 연극무대와도 같고, 우리 인간들은 모두가 다 같이 일인다역의 주연배우들이라고 할 수가 있다. 천사의 가면을 쓰고 악마의 역할을 할 수도 있고, 건달의 가면을 쓰고 신사의 역할을 할 수도 있다. 천사의 역할과 악마의 역할을 동시에 진행할 수도 있고, 신사의 역할과 건달의 역할, 또는 적과 동지의 역할도 동시에 진행할 수도 있다.

파우스트가 착하고 선한 것만도 아니고, 메피스토펠레스가 악하고 나쁜 것만도 아니다. 또한, 지킬 박사가 착하고 선한 것만도 아니고, 하이드가 악하고 나쁜 것만도 아니다. 신사와 건달, 천사와 악마는 사회적 동물로서의 우리 인간들이 자의적으로 구분하고 나눈 것이지, 애초부터 그 사람들이 따로따로 존재하고 있는 것이 아니다. 도덕이 도덕인 것인 부도덕이 있기 때문이고, 법률이 법률인 것은 수많은 범죄자들이 있기 때문이다. 도덕의 존재 근거는 부도덕이고, 법률의 존재 근거는 불법이다. 왜냐하면 모두가 다 같이 착하고 선량하면 도덕과 법률이 존재해야 할 아무런 이유도 없기 때문이다.

하록 시인의 「초대」는 선악을 떠나 있으며, 무시무시한 익살극이자 너무나도 섬뜩하고 오싹한 잔혹극 놀이라고 할 수가 있다. "귀신/ 괴물/ 도깨비/ 시체" 등은 금기어이며, 대부분의 우리 인간들은 이러한 말만을 들어도 소름이 오싹 돋고 밥맛을 잃어버린다. 하록 시인은 왜, 무엇 때문에 그처럼 상냥하고 친절한 웃음으로 "귀신/ 괴물/ 도깨비/ 시체"들을 초대하고 그 무슨 잔혹극 놀이를 하고 싶어 했던 것일까? 이 세상에서 가장 힘센 것은 꿈이고, 꿈이 있으면 그 어떤 고통과 굴욕도 다 참고 견딜 수가 있다. 황제의 목을 베기 전에 충성부터 맹세를 하지 않으면 안 되고, 꿈이 있으면 입으로 붓을 물고 그림을 그릴 수도 있다. 꿈은 '역발산기개세', 즉, 모든 고귀하고 위대한 기적의 원천이 된다. 하지만, 그러나 인간은 이미 죽었고, 인간의 탈을 쓴 악마들-귀신/ 괴물/ 도깨비/ 시체들-만이 살아 남았다. 학문의 진보와 산업의 발달은 인간을 위한 것이 아니라, 자본(악마)을 위한 것이었고, 그 최종 목표는 인간으로부터 인간성을 박탈하고 기계 인간을 만드는 것이었다. 인공지능, 로봇, 자율주행차, 사물인터넷, 빅데이터 등—. 이제는 인간의 꿈도 낭만도 다 사라졌고, 악마에게 영혼을 팔지 못한 파우스트, 혹은 지킬 박사의 후예들이 "악마는 영혼을 사주고 소원까지 들어준다지"라고, 그 악마들을 초대하고 있는 것이다.

중국 상하이의 '스파트 팜'은 여의도 면적의 대여섯 배 크기이며, 파종에서부터 수확까지, 사시사철 농사를 짓고 최고의 이익을 뽑아낼 수 있는 최첨단 농업시설이며, 우리 인간들의 노동력이 거의 필요없다고 한다. 모든 일자리들을 기계가 다 빼앗고 우리 젊은이들은 할 일이 없다. 할 일이 없으니까 땅이 부르고, "어지러울 정도로/ 어서 와 어서 와/ 열렬한 손짓"을 한다. 흙에서 태어나 흙으로 돌아가는 것이 자연의 법칙이기는 하지만, 그러나 채 꽃이 피기도 전에 "먼데서 내려다보다 감동하고 말아/ 그래 지금 갈게/ 지금 그리 갈게"라는 독백은 무시무시한 익살극이자 너무나도 섬뜩하고 오싹한 잔혹극 놀이라고 할 수밖에 없다.

어지러울 정도로 땅이 부른다는 것은 죽음의 유혹이자 손짓이고, "새하얀 너를 만날 땐/ 나는 무엇보다 커다랄 거야"는 살아 있는 내가 곧 만나게 될 '나의 유령'임을 뜻하게 된다. 유령은 해골바가지이고, 해골바가지는 하얗고, 그 어떤 빛도 해골바가지만큼 화려하지는 못할 것이다. 이 유령은 모든 삶의 공포와 죽음의 공포를 극복했다는 것을 뜻하고, 그 어떤 불모성의 겨울보다도 더 강하고 튼튼하다는 것을 뜻한다.

하록 시인의 「초대」는 "귀신/ 괴물/ 도깨비/ 시체"들의 무시무시한 익살극이며, "귀신/ 괴물/ 도깨비/ 시체/ 뭐가 됐든 놀러와 나는 쓸쓸하니까/ 악마는 영혼을 사주고 소원까지 들어준다지/ 어쩜/ 상냥하게도"라는 시구에서처럼, 그 모든 공포를 극복한 유령놀이로의 「초대」를 뜻한다.

인간은 이미 모두가 다 죽었고, 유령들만이 살아 남아, 무서운 잔혹극을 그 어떤 희극보다도 더 즐겁고 유쾌하게 연출해낸다. 괴테가 파우스트와 메피스토펠레스를 통해서, 또는 스티븐슨이 지킬 박사와 하이드를 통해서 그처럼 무서운 잔혹극 놀이를 했지만, 이제 하록 시인은 그 어떠한 대역도 없이 몸소 이처럼 무시무시한 익살극과 잔혹극 놀이를 연출해내고 있는 것이다.

이 세계는 유령들의 세계이며, 그 어떠한 악마의 역할도 다 허용되어 있는 것이다. 메피스토펠레스이든, 하이드이든, 파우스트이든, 지킬 박사이든, 흡혈귀이든, 진시황이든, 양귀비이든, 춘향이든, 이도령이든 "뭐가 됐든 놀러와 나는 쓸쓸하니까"—.

이순화

덩굴 숲

거기서 뭐하세요
덩굴 숲에 들어 그렇게

쪼그리고 앉아
퍼렇게 물든 손으로

또 알겠니, 새벽이 오면 내 몸에
물 흐르는 소리 들릴지

가시덩굴 칭칭 감고 그렇게
꽃피우기 원하세요?

얘야 발바닥이 가렵구나
젖가슴이 저릿저릿 하는구나
들리지 않니?

물길 드는 소리

꽃망울 벙글어

피톨 미쳐 날뛰는 소리

새벽이 오면

내 몸에 퍼런 물 흐르겠지

덩굴 숲 우거지겠지

울컥, 헛구역질

시퍼런 달빛 쏟아내겠지

📖

이순화 시인의 「덩굴 숲」은 생명의 숲이자 우리 인간들의 삶에의 의지의 비옥한 텃밭이라고 할 수가 있다. 덩굴은 삶에의 의지의 가장 구체적인 증거이고, 꽃은 모든 생명체의 목적이자 그 결정체라고 할 수가 있다. 이 세상에서 가장 중요하고 화급한 일은 꽃을 피우고 열매를 맺는 것이다.

이순화 시인의 「덩굴 숲」은 원시림이고, 성적 욕망이 자기 자신의 가시울타리를 두르고 꽃을 피우는 곳이다. 모든 생명체는 평등하지만, 그 꽃을 피우는 일에는 "애야 발바닥이 가렵구나/ 젖가슴이 저릿저릿 하는구나/ 들리지 않니?/ 물길 드는 소리"라는 시구에서처럼, 타인의 존재를 인정하거나 양보를 하지 않는다. 성욕은 물길이고, 물길은 흘러 넘치며, 물은 흐르고, 또 흐른다.

최종심급은 성욕이고, 이 성욕은 어느 누구도 감추거나 회피할 수가 없다. 토마토와 사과도 가지가 부러질 정도로 열매를 맺고, 은행나무와 대추나무도 가지가 부러질 정도로 열매를 맺는다. 새우와 멸치도 그들의 배가 터지도록 산란을 하고, 꽃게와 오징어도 그들의 배가 터지도록 산란을 한다. 꽃을 피운다는 것은 "가시덩굴 칭칭 감고 그렇게/ 꽃피우기"를 원한다는 것이고, 꽃을 피운다는 것은 "꽃망울 벙글어/ 피톨 미쳐 날"뛴다는 것이다. 꽃을 피운다는 것은 유아론唯我論적이고 절대적이며, 그것은 공격본능과 방어본능의 구체적인 증거인 가시덩굴로 나타난다. 가시덩굴은 내부의 적과 외부의 적들에 대한 결사항전의 표시이며, 이 '사즉생의 각오'로 꽃을 피우는 것이다. 성욕은 꽃이고, 꽃은 아름다움이고, 이 아름다움에는 수치심이 없다.

남자는 씨 뿌리고, 또 뿌리는 존재이고, 여자는 낳고, 또 낳는 존재이다. 이 남자의 바람기와 여자의 바람기는 그 무엇보다도 우선하며, 모든 생명체의 기원이 된다.

"새벽이 오면/ 내 몸에 퍼런 물 흐르겠지/ 덩굴 숲 우거지겠지"라는 덩굴 숲의 생명력이 그것이 아니라면 무엇이고, 또한, "울컥, 헛구역질/ 시퍼런 달빛 쏟아내겠지"라는 덩굴 숲의 생산력이 그것이 아니라면 무엇이란 말인가?

사랑은 자연의 소리이고, 이 자연의 소리는 덩굴 숲의 소리이다. 모든 꽃은 우연히 피는 것이 아니라 자기 자신의 목숨을 걸고 피는 것이다.

이순화 시인의 「덩굴 숲」 앞에서는 모두가 다 같이 천하 무적의 역전의 용사가 된다.

남녀가 만나 결혼을 하고, 아이를 낳고, 그 아이들을 키우다 보면, 그들은 어느새 산란을 마친 연어들처럼 죽어간다.

산다는 것은 순교이고, 거룩하고 장엄하게 꽃을 피우고 죽는 것이다.

현상연

날을 세우다

싱크대 서랍 속 무쇠 칼 녹슬고 있다

습한 계절을 물고 있던 탓인지
붉은 게으름 들쓰고
무뎌진 칼끝은 나를 향해 있다

숫돌에 물 먹이며
녹슨 기억 벗겨본다
칼날이 숫돌을 먹고
무심한 손길은 세월을 먹고

날 세운다는 것은
응어리진 시간을 부단하게
갈아대는 일이다

그건 아마도 부패 된 부위를 도려내기 위한
내 푸른 날의 각오를 벼리는 일이며
더디 넘겨지는 시퍼런 날의 페이지를 넘기는 일이다

칼을 벼리며 이순의 내 삶도 담금질 한다

이 세상의 삶은 근본적으로 싸움이며, 그 무슨 일이든지간에 싸움으로 그 끝을 맺게 되어 있다. '가위, 바위, 보'도 싸움으로 되어 있고, 술래잡기도 싸움으로 되어 있다. 축구경기도 싸움으로 되어 있고, 야구 경기도 싸움으로 되어 있다. 모든 싸움에는 최고급의 인식의 제전으로서의 전략과 전술이 작용을 하고 있고, 그 결과는 '승자독식구조'에 의해서 모든 일이 끝나게 되어 있는 것이다.

최동원은 대한민국 최고의 강속구 투수였고, 어쩌다가 안타나 홈런을 맞으면 그 다음 타순 때 똑같은 강속구를 던지며 그 타자를 공포에 떨게 했던 것이다. 우리 인간들은 언제, 어느 때 가장 즐겁고 기쁘게 생각하는가? 그것은 자기 자신의 강력한 적을 단번에 제압했을 때이고, 모든 황제는 천하무적의 상승장군이 그 관을 뒤집어 쓴 것에 지나지 않는다.

이 세상에 나아갈 때는 총과 칼을 들고 나가야 되고, 그 모든 적들을 단번에 베어버리지 않으면 안 된다. 공격본능은 세계정복운동의 원동력이 되고, 방어본능은 외부의 적을 물리치고 영원한 제국을 건설하는 힘이 된다. 모든 학문과 예술도 힘과 힘이 맞부딪치는 장소이며, 천하제일의 검객은 여행을 할 때에도, 산책을 할 때에도, 아침에 일어났을 때에도, 저녁에 잠들기 전에도 총검술을 연마하며, 그처럼 오랜 천하태평의 시절에도 자기 자신을 공격함으로써 "무쇠 칼"을 천하제일의 명검으로 만들고 있는 것이다.

천하제일의 명검도 사용하지 않으면 녹이 슬고, 녹이 슬면 그 칼도 쓸모가 없어진다. 현상연 시인의 「날을 세우다」는 '절차탁마의 시학'이며, 녹슨 칼을 벼리면서 자기 자신의 무책임과 게으름을 반성하고, 이처럼 '언어의 칼'로 '절차탁마의 시학'을 완성해 놓고 있는 것이다. "날 세운다는 것은/ 응어리진 시간을 부단하게/ 갈아대는 일이"고, 그것은 "아마도 부패된 부위를 도려내기 위한/ 내 푸른 날의 각오를 벼리는 일"일 것이다.

내 푸른 날의 각오—. 우리 시인들은 늘, 항상 "칼을 벼리며 이순의 내 삶도 담금질 한다"라는 시구에서처럼, 근본에 힘을 써야 하고, 근본에 힘을 써야 만인지상의 황제, 즉, 영원한 시인이 될 수가 있는 것이다.

'육십이이순六十而耳順'—. 이순의 삶을 담금질하며, 제일급의 시인의 길을 가고 있는 현상연 시인의 언어에 천하무적의 시퍼런 칼날이 번뜩인다.

남북통일처럼 쉽고 간단한 일도 없고, 해마다 노벨상을 타는 것처럼 쉽고 간단한 일도 없다. 부정부패를 대청소하고 부의 대물림을 뿌리뽑는 것처럼 쉽고 간단한 일도 없고, 기초생활질서를 확립하고 일등국가를 만드는 것처럼 쉽고 간단한 일도 없다.

모든 선진국가는 정의가 살아 있는 나라이며, 이 세상에서 가장 어렵고 힘든 일마저도 가장 쉽고 간단하게 실천하는 나라라고 할 수가 있다.

당신이 나폴레옹 황제나 알렉산더 대왕이 되면 되는 것이고, 당신이 소크라테스나 마르크스가 되면 되는 것이다.

당신이 호머나 셰익스피어가 되면 되는 것이고, 당신이 모차르트나 베토벤이 되면 되는 것이다.

내 푸른 날의 각오는 공자이고 맹자이며, 내 푸른 날의 각오는 뉴턴이고 아인시타인이다.

세계적인 고전을 읽고 전 인류의 스승들의 지혜를 배우며, 자기 자신을 높이 높이 끌어올리면 되는 것이다.

이명자

평택에 다시 돌아왔다

배밭이 헐렸다

떠날 때 인사조차 못한

가로수 나무들도

제법 큰 어른이 되어있다

이방인들

뿌리째 뽑힌 배밭을 잊고

건조한 도시를

살아가고 있다

구부러진 길들은

찾기 힘들어졌다

어디선가

배꽃이 흩날릴 테지

아주 잠깐 꽃향기를 그리워할 테지

견고한 빌딩 사이로

낯선 고독이 몰려다닐 테지

나는 평택에 다시 돌아왔다

이 세상에는 수천 억 개의 별들이 있고, 우리가 살고 있는 태양계는 수많은 별자리들 중 아주 평범한 별자리라고 할 수가 있다. 만일, 그렇다면 이 세상에서 가장 큰 별은 어떤 별이고, 우리는 어느 곳에서 살고 있는 것일까? 태양도 아닐 것이고, 시리우스도 아닐 것이고, 북극성도 아닐 것이다. 이 세상에서 가장 큰 별은 우리 인간들이 창출해 낸 '돈별'이며, 이 '돈별'의 크기는 수많은 별들과 우주 전체를 다 사고도 남을 것이다.

돈은 물이고 강이고, 돈은 호수이고 바다이다. 돈은 산이고 들이고, 돈은 우주이고 수천 억 개의 별들이다. 돈은 금이고 다이아몬드이고, 돈은 철광석이고 화석연료이다. 돈은 산소이고 공기이고, 돈은 한가함이고 우주여행이다. 돈은 행복이고 불행이고, 돈은 대저택이고 우주비행선이다. 돈은 수천 억 개의 얼굴을 가진 명품배우이며, 이 세상의 모든 희극과 비극을 다 주재하는 천지창조주라고 할 수가 있다.

돈은 자연재화가 아닌 인위적인 가공의 재화이지만, 우리 인간들은 이 돈별 이외에는 그 어떤 별에서도 살고 싶어하지 않는다. 이 무소불위의 재화의 힘은 원자폭탄보다도 그 파괴력이 더 크고, 그 어떤 신들도 흉내낼 수 없는 천지창조를 연출해낸 것이다. 로마나 파리를 단번에 밀어버리고 새로운 도시를 만들어낼 수도 있고, 이집트의 피라미드나 중국의 만리장성도 다 해체하고 새로운 부자들의 성채를 만들어낼 수도 있다. 돈의 위력은 모든 세계적인 전쟁을 다 연출해내고, 이제는 스페이스 X이든, 그 무엇이든 지간에 유인 우주선을 타고 가 우주식민지를 개척하기에 여념이 없는 것이다.

돈이 모든 권력을 다 장악하고 만물의 영장인 인간을 노예로 거느리고 있는 이 시대에, 이제 고향이라는 말은 그 옛날의 보물선 속의 도자기 파편같은 말이라고 할 수가 있다. 아버지와 아버지의 아버지와, 언제, 어느 때나 정답고 그립던 이웃들과 일가 친척들이 살고 있었던 고향은, 그러나 그 자체로는 어떤 재화를 창출해낼 수가 없었기 때문에 돈과 탐욕의 힘으로 다 밀어버렸던 것이다. 돈은 탐욕이고, 탐욕은 정든 고향의 산과 들을 다 밀어버리고 이 세상에서 가장 큰 사채시장과 음주가무의 매춘굴을 만들어버렸던 것이다. 사채업자들은 소수인데 반하여 대부분의 인간들은 자기 자신의 영혼과 육체를 팔고도 이 도시에서 저 도시로 떠돌아다니는 부랑자의 신세를 면할 수가 없게 된 것이다. 부모형제도 없고, 이웃과 친구들도 없다. 민족과 종교도 없고, 고향과 조국도 없다. 돈의 노예가 된 우리 인간들은 돈독이 올랐고, 이 사납고도 호전적인 공격성으로 모든 인간들을 다 잡아 먹는다.

이명자 시인의 「평택에 다시 돌아왔다」는 금의환향이 아닌 고향상실의 아픔이 주조를 이루며, 현대사회의 비극의 진수는 '고독'이라는 사실을 압도적으로 인식시켜 준다. 배밭이 헐렸고, "떠날 때 인사조차 못한/ 가로수 나무들도/ 제법 큰 어른이 되어" 있었다. 하지만, 그러나 대부분의 떠돌이-나그네들인 이방인들은 "뿌리째 뽑힌 배밭을 잊고/ 건조한 도시를/ 살아가고" 있을 뿐이었다. 그 옛날의 곡선의 미학을 자랑하는 "구부러진 길들"도 찾아보기가 힘들어졌고, 크나큰 "빌딩 사이로/ 낯선 고독이 몰려"다니고 있었다. 아득한 고향같은 타향, 나는 오랫동안 고향을 떠나 평택에 다시 돌아왔지만, 산천도 바뀌고, 사람도 바뀌고, 그 모든 것이 다 바뀐 '돈별의 도시'가 되어 있었던 것이다.

고향산천의 훼손과 부모형제와 조국과 민족의 소멸은 인간의 죽음과 악마의 탄생으로 이어지고, 오늘날 이 악마들이 펼치는 멋진 신세계는 날이면 날마다 새로운 기적 자체라고 할 수가 있다. 정답고 그리운 고향산천은 고리대금업의 사채시장과 음주가무의 매춘굴로 변모가 되고, 서로가 서로를 잡아먹지 못해 날이면 날마다 '고소-고발전'을 펼치고 있는 것이다. 네게 이로운 것은 내게 다 해롭고, 당신과 우리가 아닌, 내게 이로운 것은 다 좋은 것이다.

자연과학과 산업의 발전은 곧 모두가 다 같이 만사형통의 투시경을 쓰고, 당신의 신상과 금고의 내용과 그리고 당신의 성기와 내장 속까지도 다 꿰뚫어보게 될 것이다.

모든 게 진실이고, 어느 것 하나 숨길 곳이 없다.

「평택에 다시 돌아왔다」.

무섭고 끔찍하다.

박미자

그분

긴장된다
불청객 그분이 오시는 날엔
느닷없이 들이밀고 나타나시는 날엔

아이디어가 번쩍이기도 하고
주체할 수 없는 말썽이 생기기도 하고
엉뚱한 사건 사고가 생기기도 한다

불쑥 화를 내기도
벌컥 집을 나가기도
험한 독설을 쏟기도 하는

누군가에겐 기다림과 설렘이
누군가에겐 공포와 두려움이
그렇다고 버선발로 뛰쳐나가 마중하기도 그렇고

그렇다고 모른 채 외면하고 박대하기도 그렇고

어쩌면 등 뒤에서 기다리고 있는지도 몰라
윗목 구석 어딘가에 숨어있는지도 몰라

심상찮다
변화무쌍한 기후변동처럼
너와 나 사이에서 틀림을 강요하기도 하고
나와 내가 맞닥뜨려 으르렁거리기도 하는

먹구름이 몰려온다
그분은 늘 그쯤에서
겁나게 나를 지켜보고 계신다
야멸치게 한 대 갈기기도 한다.

박미자 시인의 「그분」의 주인공은 대단히 비범한 존재이며, 느닷없이 불청객처럼 나타나는 존재라고 한다. 그는 비범한 존재이기 때문에 존경과 찬양을 받고는 있지만, 다른 한편, 공포와 두려움의 대상이라고 할 수가 있다. 그러니까 누군가에게는 기다림과 설레임의 대상이 되고, 누군가에게는 공포와 두려움의 대상이 되기도 한다.

불청객인 「그분」이 느닷없이 먹구름처럼 나타나면 아이디어가 번쩍 떠오르기도 하고, 주체할 수 없는 말썽이 생기거나 엉뚱한 사건과 사고가 생기기도 한다. 불쑥 화를 내기도 하고, 벌컥 집을 나가기도 하고 험한 독설을 쏟아붓기도 하는 그분, 그렇다고 버선발로 뛰쳐나가 마중할 수도 없고, 모른 채 외면하고 박대할 수도 없는 그분—. 만일, 그렇다면 박미자 시인의 '그분'이란 누구이란 말인가? 전지전능한 하나님일까? 더없이 인자하고 착한 탈을 쓴 악마일까? 그것도 아니라면 조강지처와 자식들을 버리고 사랑하는 애첩과 살림을 차렸으면서도 여전히 가부장적인 권력을 행사하는 아버지일까?

아무튼 「그분」은 대단히 비범한 인물이며, 우리들의 모든 일과 그 사건들을 다 꿰뚫어보고 있다. 때로는 우리들의 등뒤에서 기다리고 있는 것도 같고, 때로는 우리들의 윗목 구석 어딘가에 숨어 있는 것도 같다. 변화무쌍한 기후변동처럼 너와 나 사이에 틀림을 강요하기도 하고, 너와 내가 멱살을 움켜쥐고 으르렁거리게도 만든다.

「그분」은 사랑하는 애첩과 살림을 차린 아버지와도 같고, 그 아버지는 대단히 뛰어난 두뇌와 사회적 지위가 있는 아버지일는지도 모른다. 그 아버지가 나타나면 아이디어가 번쩍 떠오르고, 가족의 꿈과 희망과 그 살림밑천을 다 대주기 때문에 그만큼 설레임과 기다림이 있는 것인지도 모른다. 하지만, 그러나, 그 반면에, 느닷없이 나타나 불쑥 화를 내고 험한 독설을 쏟아놓고 나가버리기 때문에 두려움과 공포의 대상이 되고 있는 것이다.

아버지는 전지전능한 신이고, 더없이 인자하고 착한 탈을 쓴 악마이다. 아버지는 먹구름이고 천둥 번개이고, 그 어떤 자립이나 방어능력이 없는 우리들에게 느닷없이 나타난다. 무섭고 겁나게 나를 지켜보고, 더없이 모질고 야멸차게 나를 한 대 갈기기도 한다.

나는 「그분」을 존경하는 동시에 혐오하고, 혐오하는 동시에 존경한다. 이 세상에서 가장 거룩하고 성스러운 이름이 아버지(신)이고, 이 세상에서 가장 더럽고 추한 이름이 아버지이다.

그분이 오시고, 그분이 밀려나고, 그분이 또 오시고, 그분이 또 쫓겨난다.

그분이 우리를 인도하고, 그분이 우리를 꾸짖고, 그분이 우리를 억압한다. 우리는 그분에 의지해서 살고, 그분을 혐오하면서도 그분을 닮아간다.

안정옥

우리를 갈라놓을지라도

결혼 서약의 그 말이 한때 밀처럼 번식하여

맛있는 빵이 될 줄 알았는데 곰팡이가 잔뜩

인생이란 우리 인간들의 일생을 말하고, 우리 인간들의 삶이 행복했는가, 아닌가라는 가치 기준에 따라 그 사람의 인생이 평가를 받게 될 것이다. 자기 자신이 좋아하는 일을 하고 그것에 만족했다면 그는 성공한 사람이 되었을 것이고, 자기 자신이 하고 싶은 일은 전혀 하지 못하고 타인의 말과 명령에 복종하는 삶을 살았다면 그는 실패한 사람이 되었을 것이다.

우리 인간들의 삶 중에서 가장 중요한 일 중의 하나가 결혼이고, 우리 인간들의 행복은 이 결혼에 의하여 결정된다고 해도 지나친 말이 아니다. 왜냐하면 결혼이란 남녀가 만나 가정을 꾸미고 아버지와 어머니가 되는 길인 동시에, 아들과 딸을 낳고 종의 건강과 번영에 기여하는 지상 최대의 사건이기 때문이다. 가정은 꿈과 희망이 자라고, 피곤하고 지친 육체에게 더없이 편안하고 달콤한 휴식을 제공해 주는 것은 물론, 이 세상의 행복의 진수를 맛보게 해주기도 한다.

안정옥 시인의 「우리를 갈라놓을지라도」는 지상 최대의 사건이었던 결혼에 대한 회한이 각인되어 있는 시이며, "결혼 서약의 그 말이 한때 밀처럼 번식하여// 맛있는 빵이 될 줄 알았"지만, 이제는 "곰팡이만 잔뜩" 피게 되었다는 시구에서처럼, 어쩌면 더 이상 돌이킬 수 없는 실패로 기록되게 되었다는 사실을 암시해준다.

대부분의 사람들의 인생이 욕망과 고통 사이를 왕복운동하다가 끝나듯이, 자기 스스로 행복한 결혼 생활이었다고 가치평가를 하거나 자랑할 수 있는 사람은 아주 극소수에 지나지 않는다. 제아무리 넓고 비옥한 문전옥답에 심었다고 하더라도 최고의 풍작을 이루기도 쉽지가 않고, 제아무리 최고의 품질의 밀가루로 만들었다고 하더라도 영양 만점의 빵을 만드는 것도 그처럼 쉽지가 않다.

부부는 일심동체라는 말은 그야말로 말장난의 헛소리에 지나지 않으며, 부부는 영원한 타인들에 지나지 않는다. 남자는 남자답게 살려고 하고, 여자는 여자답게 살려고 한다. 이 남자다움과 여자다움은 물과 불, 또는 전쟁과 평화처럼 상극을 이루며 영원히 화해할 수 없는 평행선과도 같다. 아들과 딸들이 부부 사이를 지탱해 주는 버팀목이라고 하더라도 그 아들과 딸들이 아버지와 어머니의 소망대로 자랑스러운 아들과 딸들로 자라나기에는 더욱더 힘들게 되어 있다.

대부분의 물고기들은 부성애만 있고, 모성애는 없는 데 반해 대부분의 포유동물들은 모성애만 있고 부성애는 없다. 물고기의 암컷들은 산란하면 그뿐, 수컷들이 그 새끼들을 부화시키며 끝끝내는 자기 자신의 육체를 자식들의 먹이로 던져주고 간다. 이에 반하여, 대부분의 포유동물들의 수컷은 씨앗을 뿌리고 떠나면 그뿐, 그 어미가 젖을 먹이고 사냥을 가르치고 자기 자신의 자식들을 독립시켜 떠나보낸다.

포유동물들 중 우리 인간들만이 일부일처제도 속에 부성애를 자랑하며 한평생 자식들을 돌보아야 한다는 것은 자연에 반하는 최악의 실수이고, 그 다음 실수는 사회적 동물들 중 이 세상 그 어디에도 없는 남녀 평등주의와 만인 평등주의로 모든 사회적 제도를 다 파괴시킨 것이라고 할 수가 있다.

결혼은 맛있는 빵이 될 수도 있지만, 대부분의 결혼은 맛있는 빵이 되지 못하고 부패한다. 인생이란 꿈과 절망, 또는 빵과 부패를 사이를 왕복운동하다가 끝난다.

우종숙

돌개바람

제우스 바람으로 이 꽃 저 꽃 이 물 저 물 이 바람 저 바람 다 건들며 회오리 일으키고 우주의 품을 찢는다

신도 아닌 인간도 아닌 혼돈에서 태어난 구멍의 자식이라 파멸이 올지라도 즐거이 지옥에 떨어지리라 한 모금의 햇빛 드는 곳에서 사다리 타며 즐거이 희망을 꿈꾸리라 꿈꾼 죄로 뜨거운 땅에 묶이리라 프로메테우스 되어 죄를 달게 받으리라

태양을 삼키리라 바다를 다 마시리라 제우스의 제우스가 되어 친구하리라 있었던가 싶은 돌개바람 되어 죄를 잉태하리라 태풍의 지옥불이라 불리리라

숨죽여 머무는 고요가 아니었다

돌개바람은 갑자기 생긴 저기압 주변으로 한꺼번에 몰려든 공기가 나선형으로 돌면서 일어나는 바람이며, 태풍과 선풍과 허리케인 등으로 나타난다고 한다. 돌개바람이 태풍이나 허리케인으로 발전하면 수많은 선박과 주택과 농작물 등에 엄청난 피해를 입히게 되고, 모든 생명체들은 이 자연의 재앙 앞에서 어쩔 줄을 모르게 된다.

우종숙 시인의 「돌개바람」은 '신 중의 신'인 제우스의 바람을 말하고, "이 꽃 저 꽃 이 물 저 물 이 바람 저 바람 다 건들며 회오리를 일으키고 우주의 품을 찢는다"고 말한다. 「돌개바람」은 신도 아니고 인간도 아닌 "혼돈에서 태어난 구멍의 자식"이며, 따라서 지옥으로 떨어진다고 하더라도 즐겁고 기쁘게 생각할 것이다. 한 모금의 햇빛이 드는 곳에서 사다리를 타며 무한히 즐겁고 기쁜 희망을 꿈꾸고, 그 꿈꾼 죄로 "프로메테우스"처럼 기꺼이 하늘의 형벌을 감당하게 될 것이다.

돌개바람은 '신 중의 신'이고, 돌개바람은 '시인 중의 시인'이다. 돌개바람은 언제, 어느 때나 바람의 기상을 지녔고, 따라서 "태양을 삼키"고 "바다를 다 마시"겠다는 너무나도 고귀하고 위대한 꿈을 꿈꾼다. 돌개바람은 '제우스의 제우스'가 되고 싶었던 것이고, 이 '대역죄인의 힘'으로 "태풍의 지옥불"을 피우며, 너무나도 아름답고 멋진 신천지를 창출해내고 싶었던 것이다.

일을 하는 것은 신천지를 창출해내는 것이고, 신천지를 창출해내는 것은 죄를 짓는 것이다. 모든 휴식은 에너지를 충전하는 것이고, 에너지를 충전하는 것은 자기 자신의 온몸을 다 불태우겠다는 것이다. 작은 불이 큰불이 되고, 나비의 날개짓이 천하제일의 태풍이 된다.

우종숙 시인이 역설하고 있듯이, "숨죽여 머무는 고요"는 고요가 아니고, 돌개바람의 씨앗이자 태풍의 눈이라고 할 수가 있는 것이다. 모든 창조는 기존의 가치를 다 불살라버리는 것이고, 이 '대혼돈의 힘'으로 천지창조의 태양이 떠오르게 하고 있는 것이다.

돌개바람은 제우스의 입김이고, 돌개바람은 우종숙 시인의 콧김이다. 이 세상의 삶은 돌개바람이 되어 "태풍의 지옥불"을 피우는 것이다.

반칠환

두근거려 보니 알겠다

봄이 꽃나무를 열어젖힌 게 아니라
두근거리는 가슴이 봄을 열어젖혔구나

봄바람 불고 또 불어도
삭정이 가슴에서 꽃을 꺼낼 수 없는 건
두근거림이 없기 때문

두근거려 보니 알겠다

심장이란 우리 몸의 피가 온몸을 돌 수 있도록 펌프 역할을 하는 순환계통의 중추기관으로 왼쪽 가슴 아래에 있다. 심장은 좌우로 2개씩 총 4부분으로 나누어져 있는데 위쪽 2개의 방은 혈액을 받아들이는 장소로 심방, 아래쪽 2개의 방은 혈액을 내보내는 장소로 심실이라고 한다. 심장은 주기적인 수축과 이완작용을 반복하여 심장 안으로 들어온 혈액을 다시 내보냄으로써 혈액이 온몸에 순환할 수 있도록 해준다. 심장은 그 옛날부터 생명과 동일한 의미로 인식되어 왔고, 심장이 뛰지 않으면 곧 사망을 의미했다.

심장은 생명이고, 생명은 심장이며, 심장은 끊임없이 수축과 이완 작용을 하기 때문에, 모든 생명체들을 살아 움직이게 한다. 국가의 심장은 수도이고, 지방정부의 심장은 주도이고, 문자의 심장은 시詩이다. 심장은 살아 있는 생명체이기 때문에 끊임없이 흥분을 하게 되고, 이러한 외적 흥분 전도 기능의 전체를 '자극 전도계'라고 부른다. 흥분에는 두가지의 종류가 있는데, 공포와 불안에 대한 것과 기쁨과 희열에 대한 것이 바로 그것이라고 할 수가 있다. 공포와 불안에 대한 흥분은 밥맛을 잃게 하고, 기쁨과 희열에 대한 흥분은 이 세상의 삶에 대한 찬가를 부르게 한다.

반칠환 시인의 「두근거려 보니 알겠다」는 기쁨과 희열에 대한 반응이며, 이 세상의 삶에 대한 찬가라고 할 수가 있다. "봄이 꽃나무를 열어젖힌 게 아니라/ 두근거리는 가슴이 봄을 열어젖혔구나"라는 시구가 바로 그것이며, 이 세상의 주인공은 봄이 아니라, 이 세상의 생명체라는 것이다. 왜냐하면 "봄바람 불고 또 불어도/ 삭정이 가슴에서 꽃을 꺼낼 수 없는 건/ 두근거림이 없기 때문"인 것이다. 봄은 다만 계절이나 장식일 뿐, 이 봄의 무대를 활짝 열어젖힌 것은 이 세계의 모든 생명체들인 것이다.

두근거림은 생의 약동이며, 살아 있음의 구체적인 증거이다. 모든 생명체는 이 심장의 두근거림으로 움직이고, 이 두근거림으로 꽃을 피우고 열매를 맺는다. 두근거림이 겨울을 뚫고 나와 봄을 활짝 열어젖히자 만물이 싹을 틔우고 꽃을 피운다.

시는 사상의 꽃이자 모든 문화 예술을 살아 움직이게 하는 언어의 심장이라고 할 수가 있다.

박정란

한밤중의 말

오랜만에 걸려온 전화
친절한 목소리에 그만
속을 있는 그대로 보여줬다
탈탈 먼지까지 털었다

전화를 끊고
왠지 입안이 땡감 먹은 듯 떫었다
통화 내용을 분석해보니
업어치기, 자치기, 둘러치기
얼굴이 화끈화끈 따가웠다

새벽이 먼 한밤중
저 교활한 말들이

잠들었던 무거운 몸을

벌떡 일으켜 세웠다

온몸이 화끈화끈 뜨거웠다

지구는 둥근 공처럼 생겼으며, 모든 길들은 다른 길들과 이어졌고, 그 어떤 산들도 단독적이 아닌 수많은 산맥들과 이어져 있다. 말도 우연히, 저절로 솟아난 말이 아니라, 수많은 말들의 체계에 따라 그 문맥들과 이어져 있는 것이다.

산과 산의 울림이 메아리이듯이, 말과 말의 울림도 단독적이 아닌 수많은 메아리 효과를 지니게 된다. 우리가 흔히 착각하는 것은 '나는 자유인이며, 그 모든 것은 전적으로 내가 책임질 수 있다'고 생각하는 것이다. 이를테면 박정란 시인의 "오랜만에 걸려온 전화/ 친절한 목소리에 그만/ 속을 있는 그대로 보여줬다"라는 시구에서처럼, 그야말로 속을 탈탈 털어 다 보여줬지만, 그러나 그 말의 후유증은 깊고 깊은 밤의 잠자리까지 다 초토화시킨 것이다. 첫 번째는 그의 친절한 목소리에 이것 저것 따져볼 새도 없이 자기 자신의 속마음을 다 까발린 것이고, 두 번째는 그 솔직한 마음의 고백이 불러일으킬 수 있는 반사효과라고 할 수가 있다. 험담은 적어도 세 사람을 죽인다는 『탈무드』의 교훈도 있다. 첫 번째는 험담을 하는 사람을 죽이는 것이고, 두 번째는 그 험담을 듣는 사람을 죽이는 것이고, 세 번째는 그 험담의 대상이 되는 사람을 죽이는 것이다.

하지만, 그러나, 말은 단순히 거기에서 그치는 것이 아니라, 그 말에 동의하는 사람과 동의하지 않는 사람들을 가르고, 그리고 그 패거리들의 싸움을 관전하면서 수많은 또다른 패거리들이 나타나기까지, 그토록 사납고 엄청난 이전투구의 진원지가 되고 있는 것이다. 말은 어느 누구의 소유물도 아니고, 어느 누구도 그 말 앞에서 자유롭거나 모든 책임을 다 질 수가 있는 것도 아니다. 인간은 사회적 동물이기 이전에 언어적 동물이며, 우리 인간들의 삶의 터전은 영토와 집이 아니라 말들의 문법 체계라고 할 수가 있다. 모든 돈과 명예와 권력은 말의 소유물이며, 우리 인간들은 이 말의 명령에 따라 울고 웃다가 죽어가는 희극배우에 지나지 않는다.

인간은 착하지도 않고 선하지도 않다. 때로는 더없이 사악하고 교활한 가면을 쓸 때도 있고, 때로는 더없이 착하고 선량한 가면을 쓸 때도 있다. 박정란 시인의 「한밤중의 말」은 선악의 경계에 있는 말이며, 더없이 착하고 친절한 그의 말에 속아 "속마음을" 털어 놓았다가, 그 잘못을 깨달은 자의 회한의 아픔이 배어있는 말이라고 할 수가 있다. 따지고 보면 그와 함께 더없이 착하고 선량한 탈을 쓰고 있는 내가, 즉, "업어치기, 자치기, 둘러치기" 등의 온갖 이전투구의 술수를 사용했다는 자책감과 함께, 그러나 그 자책감보다도 더 뼈 아픈 그 사악하고 교활함에 대한 자기 고백이 이처럼 「한밤중의 말」을 더없이 만인들의 마음을 사로잡게 하고, 제일급의 명시로 만들고 있는 것이다.

"새벽이 먼 한밤중"의 "저 교활한 말들"은 더없이 사악하고 교활한 말이며, 따라서 "잠들었던 무거운 몸을/ 벌떡 일으켜 세"우고, "온몸을 화끈화끈" 뜨겁게 만들고 있는 것이다. '나는 시한폭탄이고 원자폭탄이며, 참으로 사악하고 교활한 인간이다'라고 말할 수 있는 자는 우리 시인들뿐이며, 이 천하제일의 정직함이 박정란 시인의 삶 자체를 시로 만든다.

말은 불이고 불씨이고, 말은 화약이고 대포이며 원자폭탄이다. 천둥과 번개와 온갖 태풍과 홍수 등은 자연의 법칙이지만, 우리 인간들의 말싸움은 이 자연의 법칙을 뛰어넘은 언어의 법칙인 것이다. 자연의 법칙 앞에서는 모두가 다 같이 순응해야 하지만, 말싸움, 즉, 언어의 법칙 앞에서는 모두가 다 같이 사생결단식으로 자기 자신의 목숨을 걸고 싸우지 않으면 안 된다.

업어치기는 상대를 업어치는 것이고, 자치기는 상대를 사정없이 두들겨 패는 것이고, 둘러치기는 능변이나 달변과도 속임수를 쓰는 것이다. 험담, 즉, 나쁜 말은 강도와 폭력과 살인보다도 더 나쁠 수도 있고, 그 파괴력이 더 클 수도 있다. 험담은 인간을 더없이 사악하고 교활하게 만들며, 공동체 사회의 도덕과 법률, 혹은 전통과 역사를 다 파괴하며, 오직 자기 자신의 이익과 탐욕만을 성화시키게 된다.

박정란 시인의 「한밤중의 말」은 "나는 더없이 사악하고 교활한 인간이다"라는 자기 고백의 말이며, 자기 스스로를 더없이 잔인하고 끔찍하게 만드는 시한폭탄과도 같은 말이라고 할 수가 있다.

송승안

주름진 살갗 속에는 더 주름진 속살이 있고

호두를 굴립니다
굴곡지고 둥근 것이 손안에 있습니다
입으로는 깰 수 없는 소리들
부딪히면서도 거슬리지 않으니 신기합니다

이번 설에는 찾아오는 가족이 없었습니다
해외 사는 독신 아들 전화는 받았으나
지척에 사는 자식들은 전화도 문자도
손주들 사진 한 장 보내오지 않았습니다

남편은 내 죄가 크다고 쓴 웃음을 지었고
세뱃돈 봉투는 며칠 가슴에 품고 있다가
돈은 빼서 본당 수녀님께 드리고
봉투는 고속도로 휴게소에 버렸습니다

여행 중에 휴게소에 잠깐 들르는 일행처럼
자식도 한 때 일행이었을 뿐이라며
고속도로에선 차가 너무 빨리 달린다며
일방통행이라 되돌아오기 어렵다며
기다림도 욕심인가
내 잘못 네 잘못을 따져보다가
하릴없이 호두를 돌려 봅니다

주름진 살갗 속에는 더 주름진 속살이 있고
깊게 파인 내부에는 말 못할 어둠도 있겠으나
던져도 깨지지 않을 심지, 서러움의 굴곡을 다지며
모난 데 없이 여문 것이 손 안에서 구릅니다

삶의 목표가 없는 생활은 맹목적이고, 삶의 목표만 있고 그 목표를 추구할 수 있는 동력을 잃은 삶은 허망하기 짝이 없다. 이 삶의 목표와 삶의 내용을 다 잃어버린 삶이 '장수만세 시대'의 우리 노인들의 삶이라고 할 수가 있다. 삶의 목표와 삶의 의미, 요컨대 삶의 이유와 살아갈 권리를 다 잃어버린 삶이 송승안 시인의 「주름진 살갗 속에는 더 주름진 속살이 있고」의 세계라고 할 수가 있다.

주름이란 피부의 탄력이 없어지면서 생기는 잔줄이지만, 첫 번째 '주름진 살갗'은 생리적인 노화현상을 뜻하고, 두 번째 '주름진 살갗 속에 더 주름진 속살'은 우리 노인들의 노화현상 속의 근심, 즉, 그 어떤 내용도 없는 허망한 삶을 뜻한다. 호두알은 둥글고 잔주름 투성이이지만, 그 호두껍질을 까면 호두알들은 인간의 이빨처럼 길쭉하고 잔주름 투성이이지만 그 맛은 고소하기 짝이 없다. 호두알과 피부의 노화현상은 그 모양이 비슷하지만, 호두알은 아주

고소하고 맛있는 반면에, 우리 노인들의 삶의 내용은 고속도로의 휴게소에 버려진 휴지조각과도 같다.

인생이란 고속도로 위의 삶과도 같이 빠른 반면, 오직 단 한 번뿐인 '일방통행의 길'이라 되돌릴 방법이 없다. 아들과 딸들도 "한때의 일행들"에 지나지 않았으며, 새해 첫날 '세뱃돈 봉투'를 들고 기다렸지만, "해외에 사는 독신 아들의 전화"만 왔을 뿐, "지척에 사는 자식들은 전화"는커녕, "손주들 사진 한 장 보내오지 않았던" 것이다. "남편은 내 죄가 크다고 쓴 웃음을 지었고/ 세뱃돈 봉투는 며칠 가슴에 품고 있다가/ 돈은 빼서 본당 수녀님께 드리고/ 봉투는 고속도로 휴게소에 버렸"던 것이다.

말세다. 오늘날의 지구촌은 인구의 과잉으로 몸살을 앓고 있지만, 그러나 인문주의와 이 인문주의를 둘러싼 도덕과 전통과 풍습의 예의범절은 다 파탄이 나고 말았다. 오늘날의 가정과 문중의 해체와 인간과 인간에 대한 적대적 행위는 '이기주의'와 '탐욕'을 극대화시킨 자본주의 탓이지, '내 잘못과 네 잘못'을 탓하고 따질 일이 아니다. 첫 번째는 '인간 60'이 아닌 '인간 100세'의 시대가 도래한 것이고, 두 번째는 '장수만세의 풍속도'는 오직 돈만을 숭배하게 된다는 것이다. 장수만세의 사회는 '부자유친의 드라마'를 '부자원수父子怨讐의 드라마'로 변모시키고, 이기주의와 탐욕의 극대화는 모두가 돈 앞에서는 그 어떤 양보도 할 수가 없다는 것을 증명해준다.

송승안 시인의 「주름진 살갗 속에는 더 주름진 속살이 있고」는 '장수만세의 시대'를 희화화한 시이며, 우리 인간들의 삶이란 '고속도로 위의 삶'에 지나지 않는다는 사실을 깨우쳐 주고 있는 시라고 할 수가 있다. 우리 인간들의 인생은 고속도로 위에서의 삶이고, 그 삶의 목표는 호두알 굴리기이고, 그 결과는 한때의 일행에 지나지 않는 자식들에게 버림을 받는다는 것이다. 호두알 굴리기는 그 어떤 기약도 없는 기다림이 되고, 고속도로 휴게소에 버려진 봉투는 우리 노인들의 최후의 삶이 된다.

자본주의 삶의 운명은 '장수만세의 운명'이며, 이 '장수만세의 운명'은 살아야 할 권리와 죽어야 할 권리를 다 빼앗긴 '인간이라는 짐승의 비극'이라고 할 수가 있다.

어느 누구도 '부자원수父子怨讐의 삶'과 요양병원에 감금된 '인간이라는 짐승의 삶'을 살고 싶지는 않을 것이다.

천양희

뒤척이다

허공을 향해

몸을 던지는 거미처럼

쓰러진 고목 위에 앉아

지저귀는 붉은가슴울새처럼

울부짖음으로 위험을

경고하는 울음원숭이처럼

바람 불 때마다 으악

소리를 내는 으악새처럼

불에 타면서 꽝꽝

소리를 내는 꽝꽝나무처럼

남은 할 말이 있기라도 한 듯

나는 평생을

천천히 서둘렀다

나치 체제의 유태인 학살의 총책임자였던 아돌프 아이히만(1906~1962)이 이스라엘 법정에 섰을 때, 이스라엘의 판사들은 그에게 사형선고를 하기 전에 최후의 진술의 기회를 주었다고 한다. 그러자 아돌프 아이히만은 '독일 만세를 외치고 지금 이 자리에서 유태교로 개종을 하겠소'라고 했다고 한다. 이 말이 사실인지 아닌지는 확인할 수 없지만, 『탈무드』의 랍비는 아돌프 아이히만을 '야수 중의 야수'라고 온갖 비난과 저주를 퍼붓고 있는데, 왜냐하면 그의 개종을 받아들이면 또 한 명의 유태인을 죽이는 것에 지나지 않았기 때문이다.

대한민국의 제일급의 시인이자 원로시인인 천양희의 「뒤척이다」는 고귀하고 위대한 시인으로서의 최후의 한 마디를 남기기 위한 '뒤척임'이라고 할 수가 있다. "허공을 향해/ 몸을 던지는 거미처럼/ 쓰러진 고목 위에 앉아/ 지저귀는 붉은가슴울새처럼", 또는, "울부짖음으로 위험을/ 경고하는 울음원숭이처럼/ 바람 불 때마다 으악/ 소리를 내는 으악새처럼/ 불에 타면서 꽝꽝/ 소리를 내는 꽝꽝나무처럼" 천양희 시인은 그 '뒤척임'으로 이처럼 아름답고 뛰어난 시를 쓰고 있는 것이다.

최후의 한 마디, 이 장중하고 비장미 넘치는 최후의 한 마디를 남기기 위하여, 그는 한평생 붉디 붉은 피로 시를 쓰고, 이처럼 밤새도록 뒤척여 왔던 것이다. 『마음의 수수밭』을 지나 『오래된 골목』과 『너무나 많은 입』과 『새벽에 생각하다』를 지나 그는 그의 일생내내 "바람이 불 때마다 으악/ 소리를 내는 으악새처럼" 시를 써왔던 것이다.

천양희 시인의 시를 읽으면 그의 뒤척임이 보이고, 그의 뒤척임을 보면 기나긴 밤을 지새우며 언어를 갈고 닦는 노시인의 장인 정신이 생각난다.

인생은 예술이고, 고통은 그 노래이다.

사상의 신전을 짓고 모든 사람들을 초대하라! 사상의 신전 속에는 모든 것이 다 있고, 어느 것 하나 부족한 것이 없다.

사상은 영원한 지상낙원이고, 언제, 어느 때나 젖과 꿀이 넘쳐 흐른다.

나의 저서는 『행복의 깊이』 1, 2, 3, 4권, 『비판, 비판, 그리고 또 비판』 1, 2권, 반경환 명시감상 20여 권, 「명언집」 1, 2권, 『이 세상에서 가장 아름다운 명문장들』 1, 2권, 『쇼펜하우어』, 『니체』 등 40여 권이며, 이 책들만 있으면 어느 산골이나 무인도에 가서도 한평생을 살며, 더욱더 좋은 글을 쓸 수가 있을 것이다.

나는 오직 전 인류의 스승들의 책만을 읽고 글을 썼으며, 그들과 대화를 나누었기 때문에, 나의 책들은 아직도 살아 있는 지혜와 그 명언들로 가득차 있기 때문이다.

이재용이, 최태원이, 김승연이, 정의선이 손정의 같은 한국인이었다면 얼마나 자랑스러운 대한민국이 되었을 것이고, 이재명이, 윤석열이, 문재인이, 박근혜가 영원한 대한민국의 목표와 그 이념을 제시했다면 얼마나 자랑스러운 대한민국이 되었을 것인가?

천하제일의 영원한 제국은 자기 자신의 법률과 법정을 지닌 고급문화인들만이 건설할 수가 있는 것이다.

신원철

외줄

팽팽한 허벅지
페달 위에 펄럭이는 들숨과 날숨
안장 높이 올리고
한 줄 선에 몸을 던지는 나는
줄타기 광대

삼척과 서울 사이 30년
끈질기게 이어지던 300킬로의 긴 줄
가족은 서울에 두고
먼먼 동쪽 끝 혼자 떨어져 살며
끝없이 왕복하던 외줄 타기의 세월

끝날 무렵, 예순 넘어 재미 붙인 자전거 타기
두 바퀴 뒤로
긴 선이 또 이어지는데

그런 게 인생이라고, 자전거길 따라 잡초나 관목들

온몸을 흔들어대고

📖

어머니와 딸의 관계도 외줄타기와도 같고, 아버지와 아들의 관계도 외줄타기와도 같다. 친구와 동료들의 관계도 외줄타기와도 같고, 타인들과 적들의 관계도 외줄타기와도 같다. 우리가 어머니의 뱃속에서 태어날 때부터 '탯줄'이라는 외줄에 묶여 태어나듯이, 이 탯줄이 끊어질 때부터 '이 세상의 삶'이라는 '외줄'을 탈 수밖에 없게 되어 있다.

꿈과 낭만이 있고 젊고 건강할 때는 "팽팽한 허벅지/ 페달 위에 펄럭이는 들숨과 날숨/ 안장 높이 올리고/ 한 줄 선에 몸을 던지는 나는/ 줄타기 광대"라는 행복을 향유할 수도 있지만, 그러나 꿈과 낭만은커녕, 늙고 병 들면 이 외줄타기처럼 덧없고 허망한 일도 없을 것이다. 인생은 짧고 후회는 끝이 없고, 죽음의 공포는 다만 무섭고 두려울 뿐이다.

신원철 시인의 외줄타기는 "삼척과 서울 사이 30년/ 끈질기게 이어지던 300킬로의 긴 줄/ 가족은 서울에 두고/

먼먼 동쪽 끝 혼자 떨어져 살며/ 끝없이 왕복하던 외줄 타기"이다. 학문연구와 인재양성, 끊임없이 언어를 갈고 닦아야만 했던 시 쓰기와 가족부양—, 이 양립하기 힘든 외줄타기는 그의 삶 자체를 '줄타기 광대'로 만들고, 육십이 이순六十而耳順의 고대의 오후같은 행복을 가져다가 주고 있는 것이다.

"예순 넘어 재미 붙인 자전거 타기/ 두 바퀴 뒤로/ 긴 선이 또 이어지는데/ 그런 게 인생이라고, 자전거길 따라 잡초나 관목들/ 온몸을 흔들어대고"—.

탯줄은 밥줄이고, 밥줄은 목숨줄이고, 이 외줄타기가 끝나면 이 세상의 삶도 끝난다. 혼자 왔다가 혼자 가는 것, 어느 누구도 나의 꿈과 희망, 나의 좌절과 실패, 그리고 나의 육체적 노쇠와 저승길을 동행해줄 수는 없다.

아내와 친구와 자식과 그리고 그 모든 동료와 친구들도 더욱더 좋은 자리를 잡기 위한 경쟁자들이었을 뿐, 내 목숨줄, 내 외줄타기를 도와주거나 그 추락을 막아줄 수는 없었다.

인간은 본디 외롭고 고독한 거미와도 같으며, 외줄타기

의 명장이라고 할 수가 있다.

3부

박성우 정영숙 최금녀 최도선 박송이

이미산 조영심 이 명 나고음 김형식

강수정 한성환 김은정 윤옥란 문정희

임덕기 이희석 허이서 안도현

박성우

풍물 수업

마을 어르신들과 함께 풍물을 배운다
작년 늦가을부터 마을회관에 모여
가락을 익히기 시작했는데
지난 정월대보름에는 지신밟기를 하기도 했다

장단이 좀 맞지 않으면 어떤가
당산 할머니께 문안 인사드리고는
집집을 돌며 잡귀를 쫓고 복 빌었다
주인 주인 문여소 나그네 손님 드가요,
골목골목을 돌다가 막걸리로 목 축였다

정월대보름이 지난 후에도 우리는
매주 목요일에 모여 풍물을 쳤다
갱갱 개개갱 갱갱 개개갱,
상쇠인 전 이장님이 나오지 않은 날에는

부쇠인 내가 얼떨결에 상쇠가 되어야 했는데
여간 진땀 나는 일이 아니었다

시인 양반 나 좀 봅시다,
하루는 북을 치시는 팽나무집 할머니가
풍물 수업을 마치자마자 나를 불렀다
뭐가 잘 못 되었나?
할머니는 밑단이 터졌다면서
겉옷을 벗어달라 하셨는데
얼마 지나지 않아 말끔히 수선해오셨다

마음 씀씀이를 덤으로 배워가기 좋은
오월 첫째 주 맑은 오후였다

📖

풍물놀이란 정월대보름과 단오와 백중과 추석과 설날 등에 우리 한국인들이 연출해냈던 축제이며, 오늘날 교향악단의 단장격인 상쇠의 꽹과리 소리에 맞춰 징과 장구와 북과 소고와 태평소가 연주되고, 깃발을 드는 기수들과 상모를 돌리는 사람들이 연출해냈던 즐겁고 기쁜 축제를 말한다. 풍물놀이란 마을의 악귀와 잡신 등의 재앙을 물리치고, 공동체 사회의 번영과 행복을 위해서 술과 음식과 제물을 차려놓고 벌이는 축제(잔치)이지만, 오늘날에는 전통문화로서만 그 명맥을 유지할 뿐 그 효용가치가 다 사라졌다고 해도 과언이 아니다.

박성우 시인의 「풍물 수업」은 그 옛날의 전통을 배우며, 너와 내가 '우리'가 되고, 우리 모두가 다 함께 살 수 있는 공동체 사회를 꿈꾸고 있는 것이라고 할 수가 있다. "작년 늦가을부터 마을회관에 모여" "마을 어르신들과 함께 풍물"을 배우며, 풍물놀이의 소중함과 그 가락을 익히기 시작했던 것이다. 나는 농부도 아닌 만큼 "장단이 좀 맞지" 않아도 좋았고, "지난 정월대보름에는 지신밟기"로 "집집을 돌며 잡귀를 쫓고 복"을 빌었다.

정월대보름이 지난 이후에도 우리는 매주 목요일에 모여 풍물을 쳤고, "갱갱 개개갱 갱갱 개개갱/ 상쇠인 전 이장님이 나오지 않은 날에는/ 부쇠인 내가 얼떨결에 상쇠가 되어야 했는데" 그것은 "여간 진땀 나는 일이 아니었"던 것이다. "시인 양반 나 좀 봅시다"라고, "하루는 북을 치시는 팽나무집 할머니가/ 풍물 수업을 마치자마자 나를 불렀다." "뭐가 잘 못 되었나?"라고 의아해 했을 때, "할머니는 밑단이 터졌다면서/ 겉옷을 벗어달라 하셨는데/ 얼마 지나지 않아 말끔히 수선해오셨"던 것이다. 박성우 시인의 「풍물 수업」은 이처럼 풍물놀이의 보존과 전수와 함께, 공동체 사회의 번영과 행복을 노래하고 있는 시라고 할 수가 있다.

인간이 자연 속에 존재하는 것이지, 자연이 인간을 위해 존재하는 것이 아니다. 자연이 만물의 터전이고 자연이 만물을 품어 기르는 것이지만, 그러나 오늘날의 우리 인간들은 자연 따위는 안중에도 없으며, 자연을 일회용 소모품처럼 소비하고 있는 것이다. 자연을 숭배하고 자연의 이치에

순종을 하기는커녕, 너무나도 오만방자하게 자연보호와 환경보호를 외치면서도 오직 눈앞의 이익을 위해 전 지구촌을 다 파헤치고 있는 것이다.

이상 고온과 이상 한파, 대홍수와 불볕 가뭄, 만년설산의 소멸과 대빙하의 붕괴 등, 수많은 자연의 경고등이 켜져 있지만, 오히려, 거꾸로 문명과 문화의 발전을 위해 에너지의 폭발적인 수효만이 증가한다. TV, 컴퓨터, 비디오, 영화, 스마트폰, 자율주행차, 에어택시, 인공지능, 사물인터넷, 3D 프린터 등이 자연 자체가 되고, 우리는 이 가상의 공간, 즉, 이 문명과 문화의 터전 속에서 살아가게 된다.

아아, 완벽한 범죄와 완벽한 종말—. 어느 누가 자연을 정복하고 자연을 금은보화의 저장고로만 생각하는 우리 인간들의 이 반 자연적인 만행을 중단시킬 수가 있단 말인가?

총과 칼로 일어난 자는 총과 칼로 망한다는 말도 있다. 자연의 천연재화를 약탈하기 위하여 자연의 목을 비틀어 버린 우리 인간들의 자연과학적인 만행은 오히려, 거꾸로 인간의 종말만을 재촉할 뿐이다.

아아, 최초의 조상, 우리 인간들의 종족의 신들은 이렇게 탄식하고 있을 것이다.

"지구촌, 아니, 인간 사회의 멸망은 이제 피할 수가 없게 되었구나! 인간은 결코 자연을 정복하지 못한다!"

정영숙

청나비는 청나비가 아니다

한때 난 아이 같은 당신을 사랑했네

당신 알몸에 내려앉아
푸른 옷에 푸른 깃을 달고
한 시절 보냈네
하늘도 청청
산도 청청청
강물도 청청청청
내 눈 속에는 온통 청색뿐이었네
당신이 몸 바꾸는 줄 모르고 혼자서 푸른 노래만 불렀네
창공을 날아오르며 무지갯빛으로 빛나던 당신
사람들의 환호성에 내가 입은 청색은
우울의 블루가 되었네

내가 잠시 앉았던 당신은 내가 생각하는 당신이 아니었네

당신의 알몸을 빌어 잠시 내가 청색을 입었을 뿐

당신은 원래 무색의 알몸을 지닌 아이

한때 난 아이 같은 당신을 몹시도 사랑했었네

📖

정영숙 시인의 「청나비는 청나비가 아니다」라는 시는 도대체 무엇을 뜻하고 어떤 깨우침을 가르치고 있는 것일까? 요컨대 청나비가 청나비의 탈을 쓰고 “사람들의 환호성에 내가 입은 청색은/ 우울의 블루가 되었네”라고 탄식을 하고 있듯이, 왜, 그는 자기 자신의 존재의 정당성을 부정하며 ‘우울의 블루’에 빠져 들었다는 것일까? 그것은 두말할 것도 없이 ‘나’와 ‘당신’의 관계가 역전되고, 그 결과, ‘청나비’라는 주체가 ‘당신’이라는 타자의 주체에 종속되었다는 것을 뜻한다.

한때 나는 아이같은 당신을 사랑했고, “당신 알몸에 내려앉아/ 푸른 옷에 푸른 깃을 달고/ 한 시절 보냈”다. “하늘도 청청”했고, “산도 청청”했다. “강물도 청청”했고, “내 눈 속에는 온통 청색뿐이었”던 것이다. 내가 환상과 현실, 자아와 타자를 구분하지 못하고 ‘청나비의 꿈’을 꾸고 있을 때는 모든 것이 가능하고 어느 것 하나 부족한 것이 없었던 것이다.

하지만, 그러나 "당신이 몸 바꾸는 줄 모르고" "혼자서 푸른 노래"를 부르는 동안, 당신은 "창공을 날아오르며 무지갯빛으로 빛나"게 되었고, 그 결과, 나는 "사람들의 환호성에" "우울의 블루가" 될 수밖에 없었던 것이다. 요컨대 어제의 주인이 오늘의 노예가 되고, 어제의 노예가 오늘의 주인이 된 이 '대 반전의 증상'이 '우울의 블루'라고 할 수가 있는 것이다. 이 세상의 사제와 스승들은 모든 인간들을 어린아이 취급하고 그들의 가르침을 받아야 할 미성년의 상태로 묶어두려고 하지만, 그러나 모든 천재들은 그 사제와 스승들의 낡디낡은 편견과 오류를 깨뜨리고 대반전의 역사를 쓰게 된다.

청나비에게 있어서 청색은 믿음이고 신앙이었지만, 그러나 당신이 무색의 알몸에서 무지갯빛으로 몸을 바꾸는 순간, 청나비의 신앙과 믿음은 하나의 광신이며 환상에 지나지 않았던 것이다. 내가 그토록 사랑했던 것은 환상과 현실, 자아와 타자를 구분하지 못하고 내 마음대로 밥을 주고 옷을 입힐 수 있는 무색의 알몸을 지닌 어린아이였지만, 그러나 그 아이가 창공을 날아오르며 무지갯빛으로 빛나는 순간, 나는 이 구세주를 추종할 수밖에 없는 어린아이가 될 수밖에 없었던 것이다.

'내가 있고 세계가 있다'라는 사람은 타자의 주체성을 짓밟고 그를 지배하려고 하고, '세계가 있고 내가 있다'라는 사람은 타자의 주체성을 인정하고 그와 동일하고 대등한 위치에서 모든 인간 관계를 규정하려고 한다. 정영숙 시인의 「청나비는 청나비가 아니다」라는 시는 자기 자신의 존재의 정당성을 부정하며, 그에 대한 죗값으로 큰 깨달음을 얻었다는 것을 노래하고 있는 시라고 할 수가 있다. 손오공이 뛰어봤자 부처님 손바닥 안이라는 말이 있듯이, 자기 자신의 한계와 어리석음을 깨닫지 못하는 자는 더욱더 크나큰 재앙, 즉, '우울의 블루'에 빠져들 수밖에 없다.

'공즉시색空卽是色, 색즉시공色卽是空'. 공은 색이고, 색은 공이다. 돈과 명예와 권력도 공이고, 이 텅 빈 공이 잠시잠깐 하나의 환영처럼 돈과 명예와 권력의 탈을 쓰고 나타난 것일 뿐이다.

금과 은과 옥도 먼지이고 때이고, 청나비도, 어린아이도, 전제군주도 모두가 다 같이 먼지이고 때(티끌)이다.

최금녀

잃어버린 시간을 찾아서

— 압록강에서의 망원

이곳에서 명사십리까지는 몇 킬로나 될까?

망원경을 눈에 바짝 대고

눈이 뚫어져라 쳐다보는 강 건너 북한 땅

그리운 내 고향 영흥

장백산 아래

동해를 가슴에 품은 곳

지금은 북한의 금야군과

정치수용소가 있는 요덕군이 되었다

나, 지금 여기 단동

세상에 태어나

내 태가 묻힌 영흥

나, 아직 죽지 않았다

영흥까지는 몇 킬로나 될까?

큰아버지와 기와집이 있는 곳
평양댁이 사는 곳
과수원이 있는 곳
러시아 군인이 별사탕을 던져주던 철길이 있는 곳
아카시아 꽃길이 있는 곳 산기슭이 있는 곳

큰 마당 작은 마당이 있는 곳 마이크가 있고 축음기가 있고 외갓집이 있고 사촌이 있고 뻐꾸기 우는 언덕이 있는 곳 용흥강이 흐르는 곳

지금은 누가 살고 있을까?

기차선로는 깔려 있을까?

서울에서 함경남도 영흥까지, 또는 서울에서 원산의 명사십리까지, 초고속 열차를 타면 2-3시간, 비행기를 타면 30분에서 1시간 이내로 갈 수도 있을 것이다. 1945년 이후, 남북이 분단되어 가고 싶어도 갈 수도 없는 고향땅이 되었고, 따라서 중국의 압록강변에서 "눈이 뚫어져라" 바라다 보고, 또, 바라다 본다.

이 세상에서 가장 강하고 튼튼한 것은 탯줄이고, 우리 인간들은 영원히 이 탯줄에서 벗어날 수가 없다. 탯줄은 밥줄이고, 밥줄은 생명줄이며, 이 세상에 태어났을 때 비록, 탯줄을 잘라버렸을지라도 우리들의 배꼽과는 늘 연결되어 있는 것이다.

최금녀 시인의 「잃어버린 시간을 찾아서」는 그 옛날의 추억과 발자취를 더듬어 보는 시간이겠지만, 그러나 "압록강에서의 망원"은 내가 태어났고 그리운 부모형제들이 함께 살았던 함경도 영흥을 바라보고 회상하는 시간이라고 할 수가 있다. 이 세상에서 내가 태어났고, 부모형제들이 살고 있는 고향땅을 갈 수 없는 사람만큼 슬픈 사람도 있을까? 시인은 정치적 망명자도 아니고, 죄를 짓고 추방을 당한 범죄자도 아니며, 다만 영문도 모른 채 한국전쟁의 희생양이 되었던 것이다. 참으로 부끄럽고 슬픈 일이며, 하루바삐 이민족의 침략자인 미군을 몰아내고 남북통일을 이룩해내지 않으면 안 된다.

불가능은 없다. 큰 꿈을 꾸고 철학을 공부하고 노력하면 누구나 알렉산더 대왕이 되고 나폴레옹 황제가 될 수도 있다. 인간 중의 인간, 즉, 전 인류의 자랑인 문화선진국민으로 거듭난다면 "강 건너 북한 땅/ 그리운 내 고향 영흥"도 가깝고, "장백산 아래/ 동해를 가슴에 품은 곳"도 가깝다. "나, 지금 여기 단동"에 있고, "세상에 태어나/ 내 태가 묻힌 영흥"을 생각하듯이, 철학을 공부하고, 또, 공부를 하면 "큰아버지와 기와집이 있는 곳"에서도 살 수가 있다. 그곳에는 "큰 마당 작은 마당이 있"고, "마이크가 있고 축음기가 있다". "외갓집이 있고 사촌이 있고", "뻐꾸기가 우는 언덕"도 있다.

최금녀 시인의 「잃어버린 시간을 찾아서」는 실향민의 한을 노래한 시이며, 그 환상통이라고 할 수가 있다. 남북분단도 상처이고, 고향산천과 부모형제와의 생이별도 상처이다. 팔과 다리가 잘린 듯이 아프고, 사시사철, 늘, 항상, 총과 칼이 내 몸을 겨냥하고 있는 듯이 아프다. 남북분단의 아픔, 고향상실의 아픔, 참으로 가엾고 불쌍한 자의 자기 연민이 그의 의식과 무의식을 지배한다.

망원, 머나먼 고향땅을 바라보는 마음이 원망이 되고, 소위 아무런 이유도 없이 강대국에 짓밟힌 조국에 대한 처절한 인식이 쓰디쓴 환상통이 된다.

최도선

환상통

고뇌가 가득 찬 배, 폭풍의 바다를 마주한다

노를 저어라. 어기어차 더 큰 파도 밀려온다

살아도 사는 게 아니라고 눈물조차 마른 해풍

배를 저어 나아가면 통증이 사라질까?

돛을 올려 바람의 키 바로 잡고 나가볼까

눈앞에 머물지 않고 멀리 보며 젓는 노

📖

하얀 눈이 더없이 따뜻한 방한복이 되어주고, 참새가 저절로 꼬치구이가 되어준다. 사과나무에서는 젖과 꿀이 쏟아져 나오고, 참나무에서는 도토리묵이 주렁주렁 열린다. 모든 야생의 철새들이 금은보화를 물어다가 주고, 수많은 야생의 짐승들이 저절로 불고기가 되어준다. 넓고 비옥한 평야에서는 저절로 오곡백과가 자라나고, 날이면 날마다 먹고 마시며 전 세계를 다 돌아다녀도 피곤한 줄을 모른다. 어느 것 하나 부족한 것이 없고 고통도 모르는 이 세계가 진정한 이상낙원인 것이다.

모든 생명체들은 고통을 피하고 쾌락을 추구하지만, 그러나 이 세상의 모든 삶은 고통의 가시밭길이다. 이 고통의 가시밭길을 걸으며 부르는 노래는 시가 되고, 이 고통의 가시밭길에서 벗어나 잠시 쉬어가게 되면 발 아래는 너무나도 아름답고 평화로운 세계가 펼쳐진다. 이 아름답고 평화로운 세계는 천국이 되고, 이 천국은 우리 인간들이 모든 고통을 참고 견딜 수 있는 삶의 목표가 된다.

이 세상의 삶은 고통이고, 고통 없이 사는 것은 불가능하다. 언제, 어느 때나 "고뇌가 가득 찬 배"가 "폭풍의 바다를 마주"하고, 노를 저을수록 더 큰 파도가 밀려온다. "살아도 사는 게" 아니고 "눈물조차 마른 해풍"이 불어와 "통증"은 사라지지도 않는다. "돛을 올려 바람의 키를 바로 잡고" 나가 보아도 마찬가지이고, "눈앞에 머물지 않고 멀리 보며" 노를 저어 나가 보아도 마찬가지이다.

환상통幻想痛이란 신체의 일부가 절단되었거나 원래부터 없어 물리적으로 존재하지 않는 상태인데도 그 부위와 관련해서 늘, 항상, 지속적으로 겪게 되는 감각적인 아픔을 말한다. 삶의 목표는 행복(쾌락)이고, 이 행복을 연주하는 방법은 사지가 찢어지거나 절단되는 것과도 같은 고통스러운 노역일 뿐인 것이다. 일이란 노역이고 고통이며, 일을 하지 않으면 어느 것 하나 저절로 얻어지지 않는다.

시도 천하제일의 절경이고, 사상도 천하제일의 절경이다. 이 천하제일의 절경도 고통 속의 풍경이고, 모든 시와 사상은 우리 인간들의 고통 속의 울림 소리에 지나지 않는다.

모든 문화의 대들보는 고통이고, 모든 문화는 잔인성이

정신화된 것이다. 모든 사원이나 왕궁, 천하제일의 만리장성과 그 옛날의 로마의 경기장을 생각해보면 곧바로 알 수가 있을 것이다. 모든 문화의 꽃은 수많은 재물과 인간의 노동력과 수많은 생명체들의 희생 없이는 생각할 수조차도 없는 것이다.

참고, 참고, 또 참고 견디는 아픔—. 우리 인간들은 모두가 다 같이 「환상통」의 환자들이라고 하지 않을 수가 없다.

박송이

목도리를 뜨다가

동계 장날은 처음이에요 새끼 고양이를 산 것도 처음이에요 새끼 고양이를 묻은 것도 처음이에요 무덤은 처음이에요 폐교에 간 것도 처음이에요 교회 오빠 손을 잡은 것도 처음이에요 발바닥에 못이 박힌 것도 처음이에요 미나리를 싫어한 것도 처음이에요 88오토바이를 탄 것도 처음이에요 다슬기를 잡은 것도 처음이에요 계곡물에 빠져 물 밖으로 끌려 나온 것도 처음이에요 하숙집 두부조림도 처음이에요 목욕탕도 처음이에요 알몸을 맡긴 것도 처음이에요 죽은 닭을 만진 것도 처음이에요 중환자실도 처음이에요 휴학도 처음이에요 드라이아이스도 처음이에요 갈팡질팡했다지만 사랑도 폭력도 다 처음이에요 흘러내리는 빙하는 언제가 처음일까요 매미가 울다 울음을 그치는 것도 여름이 왔다 겨울이 가는 것도 처음이에요 마른 가지가 새순을 틔우는 것도 처음이에요 아이를 때린 것도 처음이에요 완벽한 고통도 처음이에요 한 땀 한 땀 코바늘 뜨개질을 했어요 우는 딸에게 말했어요 설아, 변명 같겠지만 나는 네가 처음이란다 정말이란다 이 손도 뜨개질이 처음이란다 처음이란 무엇일까? 어떤 사건과 일이 맨 처음 일어난 것이 처음일 것이고, 이 처음은 모든 사건과 일의 신기원이기 때문에 가장 의미가 깊고 역사적인 사건이라고 할 수가 있을 것이다.

처음이란 하늘이 열린 날일 수도 있고, 첫 아이의 탄생일일 수도 있다. 남편과 아내가 맨 처음 만난 날일 수도 있고, 새집으로 이사한 날일 수도 있다. 천동설이 지동설로 바뀐 날일 수도 있고, 아메리카 합중국이 탄생한 날일 수도 있다. 세종대왕에 의하여 한글이 창제된 날일 수도 있고, 우리 한국인들이 처음으로 노벨상을 수상한 날일 수도 있다.

처음은 두려움이고 설렘이며, 모든 일의 첫걸음이다. 어느 누구도 가보지 않은 곳을 가보고, 어느 누구도 마주하지 않은 사건과 사고를 혼자서 해결한다는 것은 자기 자신의 목숨을 걸지 않으면 안 된다.

하지만, 그러나 산다는 것은 목숨을 짊어지고 다니는 것이고, 그 목숨이 있기 때문에 모든 일을 시작하고 그 과실을 따먹을 수가 있는 것이다. 꽃은 상처이고, 열매는 그 상처의 아픔으로 익는다. "마른 가지가 새순을 틔우는 것도 처음이"고, "아이를 때린 것도 처음"이다. "완벽한 고통도 처음"이고, 박송이 시인이 「목도리를 뜨다가」 이처럼 시를 쓰는 것도 처음이다. 날이면 날마다 딸과 엄마가 만나고 싸우는 것도 처음이고, 날이면 날마다 똑같은 해와 똑같은 달이 떠오르지 않는 것도 처음이다.

첫은 시작이고 기원이며, 첫은 만물의 아버지이자 어머니이다. 처음으로 해와 달이 뜨고, 처음으로 진리와 생명이 싹튼다. 처음 이외의 날들은 부차적이며, 한낱 기호와 장식품에 지나지 않는다. 모든 학문 연구와 진리 탐구는 이 처음의 문을 여는 데 있다고 해도 과언이 아니다.

시인, 사상가, 황제, 건국의 아버지 등은 처음으로 하늘의 문을 연 사람들이며, 언제, 어느 때나 새로운 이름으로 시작을 알리는 '진리의 소유자'라고 할 수가 있다.

이미산

테스 언니야

너무 빨아서 해진 원피스
가장자리 흔적으로 남은 레이스

한가로운 척 늑대는
보일 듯 말듯 발톱을 다듬었지

유월 앵두가 소문으로 짓무를 때
방안을 걸어 다니는 빨간 구두

새들은 오늘도 순결의 무덤에서 짹짹거리지
등신등신등신처럼 악한 엔젤이라네
악마악마악마처럼 착한 알렉이라네

유혹하고 유혹당하며
머리칼 허옇게 세어가는

늑대의 후예들

낭만적 구름을 걷어내면
사랑은 호기심
이별은 심심풀이

주머니 속 잘 익은 앵두가 터졌다면
물로 쓱쓱 씻어내야지 옷은 다시 사면 되고
앵두는 내년에도 열릴 테니까

달콤한 향기가 어른거리면
지그시 눈을 감고 환송해야지
늑대의 꼬리로 부활하도록

여전히 한 사람이면 충분하다고?

아무렴 테스 언니야
목숨과 바꾼 그 순결
내 손등에 검버섯으로 피었으니

* 영국의 작가 토머스 하디의 장편소설. 원제는 「더버빌가의 테스」이며 '순결한 여성'(A Pure Woman Faithfully Presented)이라는 부제가 붙어 있다.

📖

이를테면 무리를 짓는 동물들, 즉, 늑대와 소와 양과 사슴들을 모아놓고 일부일처제의 삶과 순결을 강조하면 모두가 다 같이 이 세상의 삶의 마침표를 찍게 될는지도 모른다. 또한, 벌과 나비들이 이 꽃, 저 꽃으로 옮겨다닐 수가 없게 되자 수많은 동식물들의 먹이사슬의 구조가 다 파괴되고, 궁극적으로는 자연이 자연이기를 그치게 될 것이다.

우리 인간들은 이 세상 그 어디에도 없는 반 자연적인 동물들이고, 일부일처제와 순결을 강조하며 그 모든 패륜적인 일들을 다 연출해내게 된다. 성숙한 남녀가 만나 사랑을 하고 아이들을 낳아 키우다가 그것이 싫으면 헤어지면 되는 것을 이 성교의 행위와 결혼과 아이들의 양육과 죽음과 죽음 이후까지도 강제하는 것은 너무나도 반 자연적이고 파렴치한 만행일는지도 모른다. 남녀가 만나 아이들을 낳고 공동체 사회가 양육하며 그 모든 재산을 공동체의 공동 소유로 하게 되면 오늘날의 자본주의 같은 이기주의와 패륜적인 범죄와 소송전은 없게 될는지도 모른다.

토마스 하디의 장편소설의 주인공인 테스는 순결한 여인도 아니고, 불결한 여인도 아니며, 오직 인간의 욕망에 따른 자연스러운 삶을 살다가 갔을 뿐인 것이다. 벼락부자 더버빌가의 하녀로서 알렉에게 유혹당하여 사생아를 낳게 된 것도 그렇고, 그 사생아가 죽어버리자 남몰래 타향으로 도망을 가 새 주인집의 아들 엔젤을 만나 사랑을 하게 되는 것도 그렇다. 목사의 아들인 엔젤이 테스의 과거를 알고 떠나가게 된 것도 그렇고, 또다시 고향으로 돌아가 알렉과 동거하며 가난한 부모형제들을 돌보는 것도 그렇다. 알렉과 동거 이후, 엔젤이 뜻하지 않게 돌아오게 되자 테스가 격정에 사무쳐 알렉을 살해하게 된 것도 그렇고, 엔젤과 도피를 했지만 곧 체포되어 이 세상의 벌을 받게 되는 것도 그렇다.

순결이란 "너무 빨아서 해진 원피스"와도 같은 것이고, 순결이란 언제, 어느 때나 "가장자리 흔적으로만 남은 레이스"와도 같은 것이다. "유월 앵두가 소문으로 짓무"르면, "빨간 구두"의 아가씨는 언제, 어느 때나 신사인 척하는 "늑대"를 기다린다. 엔젤은 "등신등신등신처럼 악한 엔젤"이기도 하고, 또한 엔젤은 "악마악마악마처럼 착한 알렉"

이기도 하다. "유혹하고 유혹당하며/ 머리칼 허옇게 세어 가는/ 늑대의 후예들"처럼 제때에 앵두를 따서 맛있게 먹어주면 천사가 되고, 덜익은 앵두를 따거나 짓무른 앵두를 따서 맛없게 먹으면 악마가 된다. "낭만적 구름을 걷어내면/ 사랑은 호기심"이 되고, 이 호기심은 언제, 어느 떼나 테스처럼, 또는 돈쥬앙처럼 다종다양한 모습으로 그 얼굴을 바꾼다. "이별은 심심풀이"가 되고, "새들은 오늘도 순결의 무덤에서 짹짹"거린다. "주머니 속 잘 익은 앵두가 터졌다면/ 물로 쓱쓱 씻어"내면 되고, 옷은 다시 사면 되고, 그리고 "앵두는 내년에도 열릴" 것이다.

여전히 한 사람이면 충분하다고?

아무렴 테스 언니야
목숨과 바꾼 그 순결
내 손등에 검버섯으로 피었으니

제아무리 많이 배우고 사랑의 노래를 부른들 자연의 순리에 따르지 않는 사랑은 유해할 뿐이며, 오늘날 우리 인간들의 '성의 타락'은 이 지구촌의 위기와 너무나도 정확하게 일치한다. 인간의 모든 욕망이 사적인 탐욕을 위한 것이 되고, 그토록 오랜 세월동안 일부일처제도와 순결에 대한 강조가 오늘날의 아이들을 낳지 않는 '성의 타락'으로 이어지게 된 것이다.

토마스 하디의 테스는 자연의 여인이자 '순결 이데올로기'의 희생양이지만, 오늘날의 테스의 후예들은 모든 육체를 쾌락의 도구로 삼은 변태성욕의 화신들이라고 할 수가 있다.

인간의 육체는 퇴폐적인 음주가무의 연회장소이며, 모든 변태성욕의 원산지이다. 오늘날의 테스의 후예들은 변태성욕의 자손들이며, 모든 이종교배와 잡종교배까지도 다 허용한다.

불가능은 없다. 모든 성욕은 변태성욕이다.

조영심

명옥헌 배롱꽃은

뜰 안에

오래된 하늘을 한 채 들여놓은 건

석 달 열흘 땡볕에

피고 지고 피고 지고 허리 휘었을 날들에

잠시 숨 고르라는 것

간간이 구르는 옥구슬 소리로

귀나 씻으라는 뜻

명옥헌 배롱꽃은 져서도 하늘로 져서

바람결에 잔물결 타고

져서도 한 번 더 붉어서

행여,

피었네! 졌네!

곱네! 곱지 않네!

시답잖은 소리로 시끄러울 것이면

그 꽃빛에 마음이나 씻으라는 뜻

📖

명옥헌鳴玉軒은 전남 담양에 있는 가장 아름다운 정원으로서, 연못에 물이 차면 계곡 사이로 흐르며 옥구슬이 부딪히는 맑은 소리가 난다고 하여 그 이름이 지어졌다고 한다. 명옥헌은 조선 중기 오희도가 자연을 벗 삼아 지내던 곳으로 그의 아들 오이정이 아버지를 기리기 위해 지었다고 한다. 오이정은 자연 경관이 좋은 도장곡에 정자를 짓고 그 앞에 연못을 파서 배롱나무와 소나무를 심었는데, 이것이 오늘날 가장 유명한 명옥헌 원림을 이루고 있는 것이다. 명옥헌은 인조가 왕위에 오르기 전에 오희도를 중용하기 위해 세 번이나 찾아왔다고 하고, 명옥헌의 영롱한 물소리에 반한 우암 송시열이 '명옥헌 계축鳴玉軒 癸丑'이라는 글씨를 헌정했다고 한다.

모든 종교는 조상숭배의 종교이며, 모든 역사와 전통은 이 조상숭배의 종교에서 비롯되었다고 할 수가 있다. 민족 시조와 먼 조상을 숭배하고 부모님께 효도를 하면 그 민족과 그 구성원들은 영원한 행복과 평화를 누릴 수가 있다는 것이 모든 조상숭배 사상과 그 이념이라고 할 수가 있다. "뜰 안에/ 오래된 하늘을 한 채 들여놓은" 것은 "석 달 열흘 땡볕에/ 피고 지고 피고 지고 허리 휘었을 날들에/ 잠시 숨 고르라는 것"이고, 또한, "간간이 구르는 옥구슬 소리로/ 귀나 씻으라는 뜻"이다. 부모님의 은혜는 명옥헌 배롱나무와도 같고, "명옥헌 배롱꽃은 져서도 하늘로 져서/ 바람결에 잔물결 타고" "행여/ 피었네! 졌네!/ 곱네! 곱지 않네!/ 시답잖은 소리로 시끄러울 것이면/ 그 꽃빛에 마음이나 씻으라는 뜻"이라고 한다.

「명옥헌 배롱꽃은」 오희도와 그의 아들 오이정이 입신출세의 욕망을 버렸듯이, 언제, 어느 때나 자연과 벗 삼았던 선비의 사상의 진수이며, 그 부자유친의 진수라고 할 수가 있다.

조상은 뿌리이고 잎이고, 조상은 꽃이고 열매이다. 가난하여도 조상을 탓하지 않고 부유하여도 오만방자하지 않고 늘, 항상, 효도를 하면 명옥헌의 배롱꽃으로 피어나 이 세상을 더없이 아름답고 행복하게 가꾸어 나가게 될 것이다.

조영심 시인의 「명옥헌 배롱꽃은」은 '효심의 꽃'이며, 언제, 어느 때나 영원히 피어있는 꽃이라고 할 수가 있다.

이명

텃골 아스타

청초한 눈빛
나부끼는 머리카락

소식은 없고

낮에는 별
밤에는 꽃

너무 멀어서 바라만 보는

나는 어둠
너는 보라

기억 속의 빛

이명 시인의 「텃골 아스타」는 그 옛날의 이상적인 연인에 대한 노래이며, 그 그리움으로 국화과 참취속의 '아스타'라는 꽃을 피운 시라고 할 수가 있다. 텃골이란 이명 시인이 살고 있는 골짜기이며, 그 골짜기에서 아름답게 핀 아스타라는 꽃을 보고 그 옛날의 연인을 그리워하고 있는 것이다.

아스타는 별을 의미하는 고대 그리스어이며, 다년생 식물로서 봄부터 가을까지 보라색과 푸른 색으로 피는 아름다운 꽃으로 그 이름을 떨치고 있다고 할 수가 있다. "청초한 눈빛/ 나부끼는 머리카락"은 화려하지는 않지만, 순수하고 매혹적인 그녀의 모습을 뜻하고, "소식은 없고// 낮에는 별/ 밤에는 꽃"이라는 시구는 이 세상 그 어디에 있는지도 모르는 그녀의 존재를 말한다.

옛 연인은 별이고, 그러니까 낮에는 별(보이지 않는 별)이 되고, 밤에는 꽃이 된다. 나는 그녀의 소식을 모르니까 어둠이 되고, 그녀는 아름다운 '아스타'로 피었으니까 보라가 된다.

보라는 아스타이고, "기억 속의 빛"이고, 옛 연인은 내 기억 속에서 아스타와도 같은 별로만 존재한다.

사는 것은 사랑하는 것이고, 사랑하는 것은 영원한 아름다움으로 꽃을 피우는 것이다.

나고음

노각

비 오는 날은 비를 바라보며
비만 바라보며.
흐린 날은 구름을 바라보며
구름만 바라보며.

늦여름 무심하게 매달려 있는 노각처럼
편안한 하루가 길게 매달려 있다

누렇게 바랜 듯 삼베 같이 주름 많은 껍질 속에 숨은
하얀 속살, 담백하고 슴슴한 맛을 알아 즐기게 되었다
늙어야 제 맛이 나는 노각
아는 이만 알아주는 맛
나도 어느새 노각이 되어 간다

제아무리 어렵고 힘들었던 삶도 추억으로 떠올려 바라보면 더없이 그립고 행복했던 삶이 되듯이, 그토록 어렵고 가난과 고통과 슬픔뿐이었던 이 세상도 막상 죽음 앞에 서면 더없이 아름답고 풍요로웠던 삶으로 생각될 것이다. 죽은 정승이 산 개만도 못하다는 말이 있듯이, 그 어떤 인간도 죽음 앞에서는 영원한 어린아이에 지나지 않는다.

아름답고 풍요로운 이 세상, 더없이 잘 살았으니 미련없이 떠나가자고 할 수만 있다면 얼마나 좋을 것이고, 더없이 건강하고 먹고 살 걱정 없이 잠을 자듯이 죽는다면 얼마나 좋을 것인가? 삶의 공포와 죽음의 공포는 그 모든 나쁜 짓과 패륜적인 일들을 다 연출해낸다. 살인, 강도, 폭력, 약탈, 전쟁 등은 삶의 공포 때문에 일어나고, 수많은 보약과 건강식품과 요양원과 요양병원에 입원하는 것은 죽음의 공포 때문에 일어난다.

비 오는 날은 비를 바라보며 즐겁게 살고, 흐린 날은 구름을 바라보며 즐겁게 산다. 꿈도 없고, 희망도 없다. 이를 부득부득 갈고 누구를 미워하고, 누구와 싸우며 입에 게거품을 물고 살 필요도 없다. 하루 하루가 전부이고, "늦여름 무심하게 매달려 있는 노각처럼/ 편안한 하루가 길게 매달려" 있으면 더없이 즐겁고 행복한 것이다.

"누렇게 바랜 듯 삼베 같이 주름 많은 껍질 속에 숨은/ 하얀 속살"은 우리 늙은이들의 모습과도 똑같고, "늙어야 제 맛이 나는 노각"은 우리 늙은이들만의 특권이자 그 자랑이라고 할 수가 있다. "아는 이만 알아주는 맛/ 나도 어느새 노각이 되어 간다."

노각은 늙은 오이이며, 오이보다 굵고 누런 황토색을 띤다. 수분이 많아 갈증이 해소되는 효과를 볼 수 있고, 섬유질이 많아 다이어트에도 도움이 되고, 온갖 양념과 함께 버무려 반찬으로 만들어 먹는다.

늙은 오이의 「노각」도 제대로 익으면 황금빛 노을맛으로 아삭아삭 씹히며, 더없이 아름답고 행복한 노년의 삶을 선사한다.

제때에 떠오르고 제때에 지는 삶—. 모든 것은 황금의 「노각」의 때가 있는 것이다.

나고음 시인의 「노각」은 그의 집이고, “아는 이만 알아주는 맛”은 그의 삶의 기쁨이자 행복이다.

이제 더 이상 꿈꾸고 욕심 부릴 것이 없으니, 아낌없이 다 내려놓고 떠나가지 않으면 안 된다.

김형식
꾸역꾸역

아나콘다 뱃속에 사람이 있다
꾸역 꾸역 꾸역마다
꾸역꾸역 들고나는 사람들
진돗개 하나씩 손에 들고 있다

나는 지금 출근 중이다
책가방이 무거운 학생
청바지가 짧은 아줌마는
진돗개에게 먹이를 주고 있고
빨간 모자 할머니는 진돗개 안고 졸고 있다
임산부 보호석 옆자리에 앉아있다
미래의 유일한 희망이 자라고 있는 임부 뱃속
덜컥 덜커덩 눈까풀에 눌려 바깥세상 꺼내 자근자근 씹고 있다

난기류 속 승객들
자동차 급발진
빈번한 전기차 화재
뚜껑 열린 자연재해
입맛 지옥이다

낙토, 낙토는 어디에 있는가

비탈에 선 세상
앞에,
대책 없이 불안에 떨고 있는 인간들

안전지대 찾아
들고나는 아나콘다 뱃속

꾸역꾸역

📖

아나콘다란 무엇이고, 진돗개란 무엇인가? 아나콘다란 이 세상에서 가장 큰 보아뱀이며, 자주 코끼리를 잡아 먹는다는 민담의 주인공으로 잘 알려져 있다. 진돗개란 대한민국의 토종개이며, 전라남도 진도에서 보호하는 개이며, 아주 충성심이 강하고 호랑이와도 싸울 수 있는 개를 말한다.

김형식 시인의 「꾸역꾸역」은 이 세상 자체가 아나콘다의 뱃속이며, 우리 인간들의 역사는 '꾸역꾸역의 역사'라는 사실을 노래한 시라고 할 수가 있다. "아나콘다 뱃속에 사람이 있"고, "꾸역 꾸역 꾸역마다/ 꾸역꾸역" 사람들이 "진돗개 하나씩 손에 들고" 나온다.

아나콘다는 지하철이고, 「꾸역꾸역」은 사람들이 지하철을 타고 내리는 역이다. 상상력이 새로우면 신세계가 펼쳐지듯이, "나는 지금 출근 중이"고, "책가방이 무거운 학생/ 청바지가 짧은 아줌마는/ 진돗개에게 먹이를 주고" 있다. "빨간 모자 할머니는 진돗개를 안고 졸고" 있고, "미래의 유일한 희망이 자라고 있는 임부 뱃속/ 덜컥 덜커덩 눈까풀에 눌려 바깥세상 꺼내 자근자근 씹고 있다.”

아나콘다는 아주 사납고 거대한 포식자이며, 대한민국의 토종개인 진돗개로 이 아나콘다를 퇴치할 수는 없다. 이 세상이 거대한 아나콘다의 뱃속이고 이 아나콘다의 뱃속에서의 삶이 우리 한국인들의 운명이라면 우리 한국인들의 미래는 없게 된다. “난기류 속 승객들”이 허둥대고, 수많은 자동차들은 급발진을 해버린다. 날이면 날마다 전기차는 불을 뿜어대고, “뚜껑 열린 자연재해”는 “입맛 지옥”을 연출해낸다. “비탈에 선 세상/ 앞에/ 대책 없이 불안에 떨고 있는 인간들”이 꾸역꾸역 기어나오고, “안전지대 찾아/ 들고나는 아나콘다 뱃속”에서 또한, 인간들이 “꾸역꾸역” 기어나오지만, 이 세상의 낙토는 그 어디에도 없다.

‘꾸역꾸역’이란 수많은 사람들이 한군데로 몰리거나 들고나는 현상을 말하지만, 김형식 시인의 시에서는 우리 인간들의 삶 자체를 말한다. ‘꾸역꾸역’이란 아나콘다 뱃속의 삶이며, 그 모든 노력이 다 헛수고가 되는 절망뿐인 삶을 말한다.

‘꾸역꾸역’이란 시지포스의 노역이고, 자본주의의 종착역이며, 이 지구촌의 파멸이 꿈틀거리는 ‘지옥의 세계’라고 할 수가 있다.

한국야구 선수단—. 당신들은 일본에게 나라를 팔아먹은 이완용의 후손들이요. 일본에게 뒷돈을 받고 선발투수를 양성하지 않고 패전투수를 내보낸 결과, 백전백패의 경술국치를 연출해낸 매국노들일 뿐이다.

여봐라, 이 자들의 전 재산을 몰수하고, 모조리 대포로 쏴 죽여라!

강수정

봄, 소란

조용하던 동네가 소란하다

몰래 사랑이라도 나누었나

무더기 봄을 작은 연못에 쏟아부었네

개굴개굴 요란한 산통에

솜털 가시 외투마저 벗어 던지고픈

하이얀 목련, 목련

📖

모든 생명체는 자기 자신의 존재의 꽃을 피우기 위해 최선의 노력을 다한다. 나무의 떡잎을 보면 나무의 미래를 예측할 수가 있고, 꽃을 보면 그 나무의 생애와 열매를 유추할 수가 있다. 모든 생명체는 그가 살아온 삶의 역사를 영원히 지울 수 없는 지문처럼 간직하고 있다.

"시 삼백 편에는 사악한 생각이 하나도 없다"라는 말은 공자님의 말씀이지만, 시는 삶이고 삶의 꽃이기 때문에 어느 누구도 손바닥으로 하늘을 가리거나 삶의 진실을 은폐하고 왜곡시키지 못한다. 기나긴 겨울과 혹독한 추위가 없으면 봄이 오지 않듯이, "조용하던 동네가 소란"하면 만물이 부활하는 봄이 온 것이다. 모든 생명체들은 때로는 은밀하게, 또는 공공연히 사랑을 나누고, 무더기, 무더기 봄을 작은 연못가에 쏟아붓는다.

강수정 시인의 「봄, 소란」은 '생의 약동'이며, 그 역동적인 모습으로 언어의 꽃을 피운 것이다. "개굴개굴 요란한 산통에/ 솜털 가시 외투마저 벗어 던지고픈/ 하이얀 목련" 들이 그의 언어의 꽃으로 활짝 피어난 것이다.

목련나무의 꽃과 언어의 꽃, 그리고 만물의 봄꽃들의 조화가 강수정 시인의 「봄, 소란」의 시세계이며, 이 아름다움에 의해 만물은 영원히 그 생명력을 유지한다. 요컨대 시와 음악과 그림이 하나가 되는 세계가 '사무사의 세계'인 것이다.

장차 한국어가 전 인류의 모국어가 되고, 이 모국어의 꽃으로 전 인류의 평화와 행복이 향유될 수 있기를 바랄 뿐이다.

한성환

맨발

조그만 조각배 두 척이
무거운 짐을 가득 싣고
거리를 헤맨다
이 섬, 저 섬으로
떠다니는 맨발

컴컴한 동굴에 갇혀
진종일 숨 한 번
마음껏 쉴 수 없었지.
찐득한 땀내에 절어
얼마나
눅눅하고 답답했을까.

늦은 저녁이 되어
젖은 구속에서 겨우 벗어나

바닥으로 쓰러지듯이

닻을 내리는 하루

맨발로 서서 달래어본다

너, 오늘 진짜 고생했어.

📖

우리 인간들의 두 발은 성인군자의 초상이자 삶의 원동력이라고 할 수가 있다. 군자는 근본을 잘 세우지 않으면 안 되고, 이 근본을 잘 세워야 그의 이상낙원을 건설할 수가 있다.

군자는 만인들의 존경을 바라지도 않으며, 자기 자신의 분명한 목표를 위해 "조그만 조각배 두 척이/ 무거운 짐을 가득 싣고/ 거리를 헤"매듯이, 그 모든 일들을 솔선수범해 나간다. 타인의 말과 의견을 경청하지 않고 자기 스스로 분명한 목표를 세웠으니 "이 섬, 저 섬으로/ 떠다니는 맨발"과도 같고, 자기 자신과 만인들의 행복을 위해 살고 있으니 그 엄격한 계율과 금욕주의에 갇혀 생활할 수밖에 없는 것이다. 날이면 날마다 "컴컴한 동굴에 갇혀/ 진종일 숨 한 번/ 마음껏 쉴 수"도 없었을 것이고, 또한, "찐득한 땀내에 절어" 더없이 "눅눅하고 답답했을" 것이다.

밝은 대낮이 있으면 어두운 밤이 있어야 하듯이, 열심히

일하고 땀을 흘린 자에게는 꿀맛과도 같은 휴식이 있어야 한다. 한성환 시인은 「맨발」의 주인공이고, 늦은 저녁, "젖은 구속에서 겨우 벗어나/ 바닥으로 쓰러지듯이/ 닻을" 내린다. 「맨발」은 성인군자의 초상이고, 그의 삶의 원동력이다. 언제, 어느 때나 너무나도 의연하고 당당하게 가장 강력한 적과 맞서 싸우고, 언제, 어느 때나 단 하나뿐인 목숨을 짊어지고 가장 어렵고 힘든 일을 다해낸다. 맨발은 성인군자의 기둥이고, 맨발은 이상낙원의 기둥이며, 모든 기적의 주인공이다.

"너, 오늘 진짜 고생했어." 이 자긍심, 이 자기 만족의 행복이 모든 성인군자의 덕목인 것이다.

성인군자의 길은 아주 쉽고 간단하다. 외줄타기의 명인이 천길 낭떠러지를 맨발로 건너가듯이, 자기 자신을 높이 높이 끌어올리면 된다.

정치, 경제, 사회, 학문, 문화, 스포츠 등, 모든 분야에서 세계 제일을 꿈꾸는 일본과 그 어떤 국가의 목표도, 정책도, 도덕성도 갖추지 못한 우리 대한민국이 싸우면 누가 이길까? 일본은 싸우기도 전에 이기는 싸움을 하고 있고, 우리 대한민국은 싸우기도 전에 이미 패배한 싸움을 하고 있다.

일본은 모든 분야에서 30여 개의 노벨상을 수상했고, 일본 야구와 일본 유도도 세계 최정상이고, 일본 축구와 일본 복싱도 세계 최정상급의 수준을 자랑한다. 우리 한국인들도 너무나도 분명한 국가의 목표를 갖고 독서중심의 글쓰기 교육을 실시하면 대 일본제국을 이기지 못할 이유가 없다.

탄광 광부의 자손, 저 근본 없는 조센징 손정의가 일본경제를 정복한 것을 보란 말이다! 불가능은 없다!

김은정

화랑유원지에 흐르는 빛

흰 옷 입은 나비 떼가
손에 손을 꼬옥 잡고 화랑유원지를 돌아나가며 강강수월래

세상의 모든 강에서 날아온 나비들
누군가의 발에 짓밟힌 나비, 날개가 찢긴 나비, 창에 찔린 나비
막 죽임당한 나비

다시 부활한 나비들이 화랑유원지로 강물 흐르듯 흘러간다
강강수월래

밤하늘에서 빛이 쏟아진다
당신 자애의 빛

유유히 흐르는 빛

오래된 희망으로 흘러가는 빛

화랑유원지의 강강수월래

📖

화랑은 신라시대에 있었던 청소년들의 심신수련 및 교육단체이지만, 그 목적은 관리와 군인 양성이었다고 한다. 김은정 시인의 「화랑유원지에 흐르는 빛」은 충효사상과 임전무퇴의 화랑정신을 우리 한국인들의 정신으로 승화시키고, "밤하늘에서 빛이 쏟아진다/ 당신 자애의 빛// 유유히 흐르는 빛/ 오래된 희망으로 흘러가는 빛"에서처럼 아름답고 행복한 이 세상의 삶을 노래하고 있다고 할 수가 있다.

어느 누구나 국가와 조상 앞에서 너무나도 경건하고 엄숙하게 몸을 바치지 않으면 안 되고, 그 국가의 구성원들은 서로가 서로를 더없이 아끼고 사랑하지 않으면 안 된다. "흰 옷 입은 나비 떼가/ 손에 손을 꼬옥 잡고 화랑유원지를 돌아나가며 강강수월래"를 부르며 춤을 춘다는 것은 오천 년의 역사와 전통을 지닌 우리 한국인들이 '한마음-한뜻'으로 살아가자는 것을 뜻하고, "세상의 모든 강에서 날아온 나비들/ 누군가의 발에 짓밟힌 나비, 날개가 찢긴 나비, 창에 찔린 나비/ 막 죽임당한 나비" 등을 다 불러 모으고, 그들의 아낌없는 희생과 그 넋을 위로하고 있다는 것을 뜻한다.

화랑정신에는 우리 한국인들의 민족정신과 기상이 들어 있고, 온갖 영광과 행복이 다 들어 있다. 몸과 마음도 하나이고, 이웃과 이웃도 하나이다. 남녀노소도 하나이고, 돈과 명예와 권력도 하나이다. 고귀하고 위대한 옛 조상들을 찬양하고 숭배하며, 모든 부모형제들에게 효도하고 내몸처럼 사랑을 하면 우리 대한민국은 이 세상에서 가장 아름답고 행복한 나라가 될 것이다.

머나먼 조상과 부모형제 앞에서는 모든 사적 욕망을 다 버리지 않으면 안 된다. 권력 욕망을 버리면 대한민국의 권력은 더욱더 강력해질 것이고, 사적인 재물에 대한 욕망을 버리면 대한민국은 더욱더 부유해질 것이고, 명예를 버리면 대한민국은 더욱더 고귀하고 위대한 국가가 될 것이다.

밤하늘에서 빛이 쏟아지듯이 "자애의 빛"이 쏟아지고, "유유히 흐르는 빛"과 "오래된 희망으로 흘러가는 빛"이 모여 우리는 모두가 다 같이 "화랑유원지의 강강수월래"의 주인공이 될 수가 있을 것이다.

우리들 모두가 다 같이 화랑의 정신과 기상을 받아들여,

자기 자신을 더욱더 높이 높이 끌어올리지 않으면 안 된다.

윤옥란

능소화의 비밀

턱, 턱 숨이 막히는 대장간
사내가 쉼 없이 망치질을 한다

망치를 한 번씩 내리칠 때마다
쇳덩어리는 꽃잎같이 점점 얇아지고
사내의 타는 숨결이 헉, 헉, 헉 타들어간다

사방 막힌 철문 안에서
벌건 쇳물이 지지직하고 흘러나올 때
지붕을 뒤덮고 꽃잎으로 피어나는 능소화

허공의 낮빛이 새파랗게 질렸다
달음박질치는 바람의 발뒤꿈치도 시뻘겋다

공중으로 타오르는 빛의 꽃무늬

먹잇감을 향해 좇아가는 초원의 짐승처럼
갈기를 휘날리며
또한 세계를 점령하는 능소화의 붉은 혀

불 속에서도 굴하지 않는
플러스와 마이너스의 전극
그 비밀이 내 발목을 잡고 놓지 않는다

능소화란 능소화과에 속한 낙엽성 덩굴식물이며, 중국이 원산지라고 한다. 능소화는 덩굴성 식물이라 울타리와 시멘트벽과 나무 등을 타고 올라가며, 한여름에 진한 주홍색으로 핀다. 한여름에 진한 주홍색으로 피는 능소화만큼 아름다운 꽃도 없으며, 그래서 명예를 소중히 여기는 여성들이 좋아하는 꽃이라고 할 수가 있다.

윤옥란 시인의 「능소화의 비밀」은 영웅탄생의 비밀이며, 이 세계를 더욱더 아름답고 찬란한 세계로 이끌고 나갈 우리들의 영웅에게 바친 찬가라고 할 수가 있다. 명예와 생명은 하나이지만, 그러나 명예가 있고 생명이 있는 것이다. 모든 식물은 꽃으로 자기 자신의 존재를 증명하고, 모든 인간은 이름과 업적, 즉, 명예로 자기 자신의 존재를 증명한다.

때는 한여름이고, "턱, 턱 숨이 막히는 대장간"에서 우리들의 영웅인 "사내가 쉼 없이 망치질을 한다." "망치를 한 번씩 내리칠 때마다/ 쇳덩어리는 꽃잎같이 점점 얇아지고/ 사내의 타는 숨결이 헉, 헉, 헉 타들어간다." "사방이 막힌 철문 안에서/ 벌건 쇳물이 지지직하고 흘러나올 때," 바로 그때, "지붕을 뒤덮고" 있는 "능소화"가 꽃을 피우는 것이다. 대장장이의 열정이 이 세상에서 가장 아름다운 능소화로 꽃 핀 것이고, '꽃 중의 꽃'인 능소화의 열정이 천하무적의 영웅으로 탄생한 것이다.

대장장이와 능소화의 결합, 즉, 이 암수 화합의 기적은 영웅탄생의 기적이 되고, 최초의 하늘이 대폭발하듯이, 푸른 하늘의 "낮빛이 새파랗게" 질리게 된다. "바람의 발뒤꿈치도 시뻘겋"고, "공중으로 타오르는 빛의 꽃무늬"는 마치 영웅탄생의 신화처럼 울려 퍼진다. 그는 "먹잇감을 향해 쫓아가는 초원의 짐승처럼/ 갈기를 휘날리"고, "또한 세계를 점령하는 능소화의 붉은 혀"는 최초의 국가와 그 국가의 건국이념을 그의 언어로 선포한다.

나는 이 세계의 창조주이자 지배자인 능소화이며, 나는 '꽃 중의 꽃'인 그 아름다움으로 이 세계를 지배하며 영원한 제국으로 이끌어 나갈 것이다.

나는 "불 속에서도 굴하지 않는/ 플러스와 마이너스의

전극"을 지니고 있으며, 이 천지창조의 아름다움으로 이 세계를 지배하고 영원한 제국으로 이끌어 나갈 것이다.

윤옥란 시인의 앎은 사물의 본질을 꿰뚫고, 대장장이의 불꽃과 능소화의 불꽃을 결합시켜 천하제일의 영웅탄생의 신화를 창출해낸다.

윤옥란 시인의 「능소화의 비밀」은 '시 중의 시'이고, 우리 인간들의 영웅탄생의 텃밭이라고 할 수가 있다.

문정희

당신의 감옥

— 마드리드 책의 밤

초저녁 마드리드는 소나기에 갇혔다
세계 책의 밤! 세계도 책도 밤도 넓기만 하다
퇴적층을 뚫고 뿌리 하나가 솟듯이
은발의 평론가가 대뜸 물었다
당신네 나라의 감옥은 어떻습니까?
군사정권 시절 민주화 투쟁으로 사형수였던 분이
대통령이 된 후로 감방마다 TV도 있고
난방도 비교적 잘 되고 있다고 해요
당신네 나라의 감옥은 어떻습니까?
나날이 범죄가 증가하여 수용이 넘쳐나요
프랑코 시대도 아닌데 정치범? 혹은
마약과 성범죄등인가요?
어느 시대나 미운 놈은 많죠, 게다가
고통도 자유도 인터넷도 널려 있으니까요

인간은 육신이 감옥 아닌가요
(앗, 마스크를 착용하세요)
작가는 수갑보다 입마개를 더 싫어하죠

오늘은 책의 밤, 책처럼 완성된 사물도 없는데
자꾸 인간에게서 밀려나고 있네요
피와 살이 숨 쉬는 문학은 오래 살까요?
글쎄요. 시인은 언어의 감옥에서
늘 탈옥을 꿈꾸는 수형자
침묵으로도 자유를 표현할 수 있어요
감옥은 사방에 널려 있으니까요
시인의 노래는 결국 감옥의 노래입니다
쉬잇! 너무 과장 미화하지 마세요
시가 달아나요

모든 생명체는 평등하고, 우리는 어떤 생명체 하나도 함부로 살생할 권리를 갖고 있지 않다. 하지만, 그러나, 산다는 것은 생명이 생명을 먹는다는 것이고, 죄를 짓지 않으면 그 어떤 생명체도 살아갈 수가 없다. 요컨대 생명이 생명을 먹고 산다는 것 자체가 죄를 짓는 것이며, 이 세상 자체가 거대한 감옥이라고 할 수가 있다.

감옥은 죄인을 가두는 곳이고, 자유가 없는 곳이며, 그의 이상과 꿈이 속절없이 무너지는 곳이다. 육체는 생물학적인 감옥이고, 집은 삶의 감옥이다. 국가는 정치적 감옥이고, 책은 언어의 감옥이다. 껍질을 벗지 못하는 뱀이나 곤충이 파멸을 피할 수가 없듯이, 우리는 날이면 날마다 탈옥을 꿈꾸면서 자기 자신의 이상과 꿈을 펼쳐나가고자 한다.

문정희 시인의 「당신의 감옥」은 대단히 심오하고 역사철학적인 사유가 담겨 있는 시이며, 모든 "시인의 노래는 결국 감옥의 노래"라는 사실을 너무나도 아름답고 뛰어나게 역설하고 있는 시라고 할 수가 있다. "초저녁 마드리드는 소나기에 갇혔다"는 것은 마드리드가 "책의 밤"에 갇혔다는 것을 뜻하고, "세계도 책도 밤도 넓기만 하다"는 것은 책의 감옥은 무한히 넓고 크다는 것을 뜻한다.

문정희 시인의 「당신의 감옥」의 첫 번째 감옥은 정치적 감옥이고, 두 번째 감옥은 육체적 감옥이며, 마지막으로 세 번째 감옥은 책의 감옥이라고 할 수가 있다. 우선 첫 번째로 스페인의 은발의 평론가가 "당신네 나라의 감옥은 어떻습니까?"라고 묻자, "군사정권 시절 민주화 투쟁으로 사형수였던 분이/ 대통령이 된 후로 감방마다 TV도 있고/ 난방도 비교적 잘 되고 있다고 해요"라고 문정희 시인은 대답한다. 문정희 시인이 그 대답과 동시에, "당신네 나라의 감옥은 어떻습니까?"라고 되묻자, 프랑코 시대도 아닌데 "나날이 범죄가 증가하여 수용이 넘쳐나요", "어느 시대나 미운 놈은 많죠, 게다가/ 고통도 자유도 인터넷도 널려 있으니까요"라고 범죄의 증가와 감옥의 포화상태를 설명해준다. 우리 인간들은 모두가 다 같이 정치적 동물이고, 도덕과 법률과 풍습의 미덕이라는 감옥살이에서 벗어날 수가 없다. 두 번째 감옥은 육체적 감옥이며, 우리 인간들의 육체는 학연과 혈연과 지연 이외에도 수많은 핏줄과 젖줄과 밧줄에 묶여 있다고 할 수가 있다. 소화기관과 호흡기관도 우리 인간들을 구속하고, 수많은 권력과 재물과 성욕과, 또, 그리고, 수많은 질병들이 우리 인간들을 구속한다. "인간의 육신이 감옥"이고, 우리 인간들은 "수갑보다 입마개를 더 싫어"한다. 요컨대 언론의 자유를 빼앗기고 침묵을 강요받을 때가 가장 고통스러운 것이다. 마지막으로 세 번째 감옥은 책의 감옥이고, 책의 감옥(언어의 감옥)은 문정희 시인의 삶의 텃밭이 된다. 그러니까 "오늘은 책의 밤, 책처럼 완성된 사물도 없는데/ 자꾸 인간에게서 밀려나고 있네요/ 피와 살이 숨 쉬는 문학은 오래 살까요?"라고, 그 책의 감옥에 안주하며, 그 책의 감옥이 소멸될까봐 그토록 속절없이 애를 태우고 있는 것이다.

모든 시인들은 그들의 시로 '언어의 감옥'을 창출하고, 이 '언어의 감옥'을 자유와 평화와 행복의 나라라고 끊임없이 미화하고 찬양한다. "시인은 언어의 감옥에서/ 늘 탈옥을 꿈꾸는 수형자"라고 말하면서도 "침묵으로도 자유를 표현할 수 있어요/ 감옥은 사방에 널려 있으니까요"라고 말한다. 시를 쓰는 것은 껍질을 벗는 것이고, 껍질을 벗는 것은 새롭게 태어나는 것이다. 시인은 시를 쓸 때마다 탈피를 하고, 탈피를 할 때마다 새로운 껍질 속에 갇힌다. 껍질과 탈피, 탈피와 껍질, 감옥과 탈옥, 탈옥과 감옥의 이 끊임없는 변주 속에서 모든 시인들은 이 세상 그 어디에도 없는 하늘나라로의 승천을 꿈꾼다.

문정희 시인의 표현대로, 시의 노래는 감옥의 노래이고, 감옥의 노래는 자유의 노래이다. 시인은 시를 쓰면서 자기 자신을 높이 높이 끌어올리고, 이 초월의 힘으로 이 세상 그 어디에도 없는 하늘나라로의 승천을 꿈꾼다.

임덕기

은행나무의 속성

공룡시대 화석이 살아있다

살아서 천년의 삶을 이어간다

더 이상 진화가 필요치 않다고 거부하며

홀로 기품있게 살아간다

홀로 서서 고독을 즐기는 명상가이다

친척도 없이 처음 태어난 모습 그대로

지금까지 잘 버티고 사는 것은

철저한 계획과 준비성으로 태어난

완벽을 추구한 부모 덕분이다

급변하는 계절변화에도 휘둘리지 않는

끈질긴 고집 덕분이다

갈바람이 불어 은행 알이 땅에 떨어지면
누구도 해치지 못하게 악취를 풍겨
처음부터 접근을 막아버린다

이중 잠금장치 안에 열매를 숨겨두고
비로소 안심하는 완벽주의자다

바람에 샛노란 은행잎이 시나브로 떨어진다
길게 살려면 철저한 준비성이 필요하다고
바닥에 떨어진 잎들이 넌지시 제 속내를 드러낸다

📖

지구의 역사상 가장 오래된 나무는 은행나무이고, 은행나무는 '살아 있는 화석나무'라고 불리운다. 은행나무는 페름기(2억 3천~2억 7천만 년 전), 공룡시대인 쥐라기(1억 3천 5백~1억 8천만 년 전), 백악기(6천 5백만~1억 3천 5백만 년 전)에도 존재했으며, 대부분의 동식물들이 혹독한 빙하시대를 지나면서 멸종되었지만, 은행나무는 아직도 여전히 살아 있는 나무라고 할 수가 있다. 대한민국의 은행나무의 보호수는 800여 그루이며, 이들 중 천연기념물은 22그루, 지방자치단체의 문화재 나무도 28그루나 된다고 한다.

경기도 양평의 용문사 은행나무, 충북 영동의 영국사 은행나무, 충남 금산의 보석사 은행나무, 강원도 원주의 반계리 은행나무 등은 우리나라의 대표적인 거목이며, 그 장중하고 우아한 아름다움은 전 국민의 마음을 사로잡고 있다고 할 수가 있다.

은행나무는 극단적으로 춥거나 덥지 않으면 어느 곳에

서라도 살아갈 수가 있고, 아무리 오래된 나무라고 하더라도 그 줄기 밑에 새로운 새싹이 돋아날 능력을 갖고 있다고 한다. 수백 년에서 천년이 넘는 은행나무의 상당수는 원래의 줄기가 없어지고, 새싹이 자라 둘러싼 새 줄기라고 한다. 잎에는 플라보노이드, 터페노이드Terpenoid, 비로바라이드Bilobalide 등의 항균성 성분들이 포함되어 있어 병충해가 거의 없고, 열매는 육질의 외피에 함유된 헵탄산Heptanoic acid 때문에 심한 악취가 나고, 그 외에 긴코릭산Ginkgolic acid 등이 들어 있어서 피부염을 일으키기 때문에 사람 이외에는 다른 새나 동물들이 아예 씨를 발라먹을 엄두도 못 낸다.

은행나무는 나무 중의 나무이며, 자연으로부터 물려받은 그 종의 건강함은 어느 나무와 동식물들도 따라올 수가 없다. 공룡시대의 화석과도 같은 은행나무, 천년을 살고, 또, 천년을 살며, 더 이상의 진화를 거부하며 더없이 아름답고 장중하게 그 기품을 유지하고 있는 은행나무 —. 은행나무의 목표와 은행나무의 의지와 그 어떤 사나운 비바람과 외적의 침입도 다 막아낼 수 있는 천하무적의 용기와 성실함은 모든 영웅호걸과 제국의 본보기라고 할 수가 있다. 은행나무는 임덕기 시인처럼 사색을 좋아하고 명상을 즐기며, 은행나무의 샛노란 단풍길은 이 지구상의 천국의 입구라고 할 수가 있다.

친척도 없이 처음 태어난 그 모습을 잘 보존하고 있는 은행나무, 철저한 계획과 준비성으로 우월한 유전자를 물려받은 은행나무, 급변하는 시대와 그 변화에도 흔들리지 않고 "이중 잠금장치 안에 열매를 숨겨두고/ 비로소 안심하는 완벽주의자"인 은행나무—.

이 세상에서 가장 키가 크고 오래 사는 은행나무, 이 세상에서 가장 목재가 좋고 그 어떤 병충해에도 끄떡없는 은행나무, 너무나도 아름답고 너무나도 황홀한 언어로 이 지구촌을 은행나무의 천국으로 만드는 은행나무들—.

> 바람에 샛노란 은행잎이 시나브로 떨어진다
> 길게 살려면 철저한 준비성이 필요하다고

영원한 제국의 상징도 은행나무이고, 영원한 군주의 상징도 은행나무이다.

임덕기 시인의 「은행나무의 속성」은 은행나무의 찬가이며, '인간 중의 인간'인 영원한 시인의 노래라고 할 수가 있다.

이희석

사천 해변에서

한 여인이 바다를 옆구리에 끼고

해변 위 도로를 걷고 있다

짧은 치마 밑을 파도의 흰 혓바닥이 기웃거린다

문득 그녀가 보이지 않는다

발가락 사이에 낀 모래는 몇 살일까?

육순의 나이가 세상의 가장자리로 밀려나듯

바닷가 모래밭은 제 생의 마지막 여정에 다다른 돌들이

모이는 곳인지도 모른다

어디서 왔는지 알 수 없는

두텁거나 날카로운 것이 보이지 않는

무게와 크기를 벗어버린

작은 모래들이

반짝거린다
햇빛을 머금고 발바닥을 뜨겁게 한다
푹푹 꺼진다
간지럽힌다

착시가 관점을 무너뜨리고 있다

한 남자가 바다 위를 걷는다
구름이 섬에 걸려 버둥거린다
하늘과 바다의 경계를 지우며 배 한 척이 간다

해변을 다 걸은 나는
툭툭 슬리퍼를 털어 모래를 떨군다

아무 것도 달라진 것은 없다
가끔 바위에 부딪혀 부서진 바다가
방파제를 넘어와 다리를 적실뿐

📖

죽음이란 어차피 모든 인간들이 뚫고 지나가야 할 최후의 관문이며, 이 죽음의 모습이 아름다워야 그의 인생의 행복이 완성되는 것이다. 죽음이란 참으로 무섭고 두려운 것이며, 따라서 우리 인간들은 이 죽음을 피하기 위하여 수많은 불로초와 불사약을 찾아왔지만, 그러나 그 결과는 '장수만세의 유령사회'를 연출냈을 뿐, 그 꿈을 이룰 수가 없었던 것이다.

만일, 죽음이 우리 인간들이 뚫고 지나가야 할 최후의 관문이라면, 과연 우리 인간들은 어떻게 죽어야 할 것인가? 빈손으로 왔다가 빈손으로 돌아가는 것, 붉디붉은 서산의 노을처럼 아름다워야 할 것이고, 이 아름다운 힘으로 새로운 후손들의 삶의 터전을 마련해 주어야 할 것이다.

이희석 시인의 「사천 해변에서」는 초로의 신사의 명상이며, 붉디붉은 서산의 노을이 되기 위한 준비과정이라고 할 수가 있을 것이다. "한 여인이 바다를 옆구리에 끼고/ 해변

위 도로를 걷고" 있고, 그 "짧은 치마 밑을 파도의 흰 혓바닥이 기웃거"거리고 있지만, 그러나 "문득 그녀가 보이지 않"게 된 것이다. 왜냐하면 그녀는 인간의 탈을 쓰고 있었을 뿐, 수많은 모래알 중의 모래알에 지나지 않았기 때문이다.

이희석 시인은 너무나도 당연하게 "발가락 사이에 낀 모래는 몇 살일까?"라고 물어보지만, 그러나 그 모래의 나이는 어느 누구도 모른다. 먼지와 먼지가 만나 바위가 되고, 바위와 물과 시간이 만나 돌이 되고, 돌이 부서지고, 또 부서져 모래가 된 것이다. "육순의 나이가 세상의 가장자리로 밀려"난 것이듯이, "바닷가 모래밭은 제 생의 마지막 여정에 다다른 돌들이/ 모이는 곳"에 지나지 않는다. 모래의 시간대와 인간의 시간대는 다르지만, '인생 육십'은 수많은 바닷가의 모래알갱이와도 같고, 이제는 모두가 다 같이 죽음의 대합실의 승객들에 지나지 않는다.

어디서 왔는지 알 수 없는 모래, 두텁거나 날카로운 것이 보이지 않는 모래, 무게와 크기를 벗어버린 작은 모래들이 반짝거리고, 햇빛을 머금고 발바닥을 뜨겁게 한다. 모래와 모래가 푹푹 꺼지고, 아직은 숨이 붙어 있고 시간이 남아 있으므로 발바닥이 간지럽다. 착시가 관점을 무너뜨리고 한 남자가 중력의 법칙을 벗어나 바다 위를 걷는다. 구름이 섬에 걸려 버둥거리고, "하늘과 바다의 경계를 지우며 배 한 척이" 지나간다. 이 세상의 모든 생명체들을 저승으로 실어나르는 배이며, 이제는 우리 인간들 역시도 그 모든 것을 다 내려놓고 저승의 배삯을 지불하지 않으면 안 된다.

해변을 다 걸은 나는 툭툭 슬리퍼를 벗어 모래를 털어보지만, 이 저승의 열차역에서 아무 것도 달라진 것은 없다. "가끔 바위에 부딪혀 부서진 바다가/ 방파제를 넘어와 다리를 적실뿐", 인생 육십, 인생 칠십, 인생 팔십, 인생 백년 등, 그 어느 것도 달라질 것이 없다. 시간의 풍화작용은 거대한 바위도 수많은 모래알갱이들로 만들고, 이 세상의 돈과 명예와 권력마저도 한낱 허공 속의 연기처럼 사라져 가게 만든다. 요컨대 바닷가의 초로의 신사와 수많은 모래알갱이들, 수많은 모래알갱이들과 수많은 파도들은 빈손으로 왔다가 빈손으로 가는 이 세상의 수많은 배우들의 모습일 뿐인 것이다.

자기 자신의 임무를 다 끝내고 즐겁고 기쁜 마음으로 죽어가는 것 이상으로 아름답고 행복한 삶도 없을 것이다. '저출산-고령화 사회'의 최선의 비책은 '존엄사 제도'이고,

그 다음 차선책은 자살이고, 마지막으로 최악의 무책은 약과 병원에 의지하면서 모든 인간관계를 파탄에 빠뜨리고 전 재산을 다 탕진하고 죽는 것이다.

허이서

오분 간

마흔이 훌쩍 넘어 면접을 본다

턱 선이 날카로운 면접관은
이력서를 펼쳐놓고 이런저런 질문을 한다
쥐눈처럼 까맣게 반짝이는 눈으로 대답을 하는데

모르는 이력을 묻는 사람과
알고 있는 이력을 대답하는 내가
형식과 내용 사이에 갇힌다

나는 손짓을 원하는데 발짓을 하며
면접관은 그날의 기분에 따라
대기자들의 뒷모습을 결정한다

오분의 방식이 2년의 계약으로 돌아올 수 있을까

어쩔 수 없이

목줄에 다시 채워져야 하는 나는

면접을 끝내고 유리창 안에 비친 모습을 본다

쇼윈도에 전시된 짐승이 된 것만 같다

📖

주인은 노예를 경멸하고, 노예는 주인을 증오한다. 경멸은 강자의 특권이며, 그는 제멋대로 약자를 평가하고 면종복배시킬 수가 있다. 이에 반하여, 증오는 약자의 감정이며, 그는 이 증오심을 숨긴 채 노예적인 복종태도로 충성을 맹세할 수밖에 없다.

주인과 노예의 최종 심급은 경제이며, 수많은 일자리를 제공할 수 있는 사람은 주인이 되고, 자기 스스로 일자리를 마련할 수 없는 사람은 노예가 된다. 면접관은 일자리를 배분할 수 있는 사람이고, 응시생은 자기 자신의 일자리를 구걸하는 사람이다. "턱 선이 날카로운 면접관은" 고양이의 눈으로 "이런저런 질문을" 하고, 이에 반하여, "마흔이 훌쩍 넘어 면접을" 보는 응시생은 "쥐눈처럼 까맣게 반짝이는 눈으로 대답을" 한다.

면접관은 자기가 원하는 방향에서 그의 이력에 대하여 질문을 하고, 응시생인 나는 내가 알고 있는 지식으로 대답을 한다. 면접관이 묻는 질문과 내가 말하는 대답 사이에는 괴리가 생기고, 그것은 몸에 맞지 않는 옷처럼 여간 거북한 것이 아니다. 나는 "손짓을 원하는데" 면접관은 "발짓을 하며" "그날의 기분에 따라/ 대기자들의 뒷모습을 결정한다." 나는 초조하고 불안하지만, 면접관은 시종일관 여유가 있고, 응시생들의 초조함과 불안 따위에는 관심조차도 없다.

열흘을 굶으면 도둑질하지 않을 사람이 없듯이, 하루 세끼를 해결하지 못하는 것처럼 초조하고 불안한 일도 없을 것이다. 이 세상에서 자기 자신의 말과 사유를 다 빼앗기고 무조건 충성을 맹세해야만 하는 사람처럼 더욱더 간절하고 절박한 사람도 없을 것이다. 일자리가 없다는 것은 밥벌이가 없다는 것을 뜻하고, 밥벌이가 없다는 것은 생존의 벼랑 끝에 몰려 있다는 것을 뜻한다.

따뜻한 밥을 먹고 여유 있게 살 수 있느냐, 언제 어느 때나 피곤하고 지친 육체로 굶기를 밥 먹듯이 해야 하느냐? 사느냐, 죽느냐? 허이서 시인의 「오분 간」은 면접의 시간이자 절대 절명의 운명의 시간이라고 할 수가 있다. 밥벌이는 노예의 시간이며, 이 노예의 시간은 자유와 명예가 아닌 짐승의 시간이다. 「오분 간」은 애가 타고 식은땀이 흐르는 시간이며, 「오분 간」은 초조와 불안 속에서 그 어떠한 노예의 짓도 다 하겠다는 맹세의 시간이다.

이 세상에 밥줄보다 더 소중한 목숨줄은 없다. 허이서 시인의 「오분 간」은 선택과 탈락, 합격과 불합격의 시간이며, 그 기다림과 초조함으로 "쇼윈도에 전시된 짐승"의 시간이다. 선택의 문은 더없이 좁고, 가난과 배고픔은 더없이 처절하며, 미래의 앞날을 어둡게 한다.

일을 한다는 것은 목표가 있다는 것이고, 목표가 있다는 것은 천하무적의 용기가 있다는 것이다.

나는 일을 한다, 고로 나는 늘 새롭게 태어난다.

일자리가 없다는 것은 목표를 상실했다는 것이고, 목표를 상실했다는 것은 백전백패의 오합지졸이 되었다는 것이다.

나는 일을 하지 못한다, 고로 나는 존재할 수가 없다.

안도현

3월에서 5월까지

3월 17일 논둑으로 냉이를 캐러 갔다 땅에 발을 묻고 있던 눈발들이 가까스로 발목을 꺼냈다

3월 26일 달래 뿌리가 엄지발가락만큼 실했다 아내가 달래간장을 만들었고 나는 흰밥에 비볐다

3월 28일 고깔을 쓰고 나온 광대나물을 데쳐 무쳐 먹었다 다 뜯지는 않고 한고랑은 꽃 보려고 남겨두었다

4월 1일 고들빼기와 흰민들레를 한바구니 캤다 김치를 담글 요량으로 다듬었다

4월 6일 진달래 꽃잎을 따 입에 물어보았다 화전이 눈에 삼삼했으나 찹쌀가루가 없다 했다

4월 7일 화살나무 새순 손바닥 펼치기 전에 한움큼, 돌나물도 한움큼 주머니에 넣었다

4월 8일 비 온 뒤 논둑에 벼룩나물 지천이다 마당에 벼룩이 튈까봐 보기만 했다

4월 9일 오전에 원추리 새순 자르고 오후에 망초와 꽃다지 새순을 따 데쳤다 처음 해본 일인데 맛이 좋았다

4월 10일 아버지 산소 둘러보고 가는데 두릅 순이 돋았다 나도 두리번거렸다

4월 17일 소망실 사는 정문수가 엄나무 순을 따서 한봉다리 갖다주었다

4월 20일 뽕나무 새순 반뼘쯤 올라왔다 왼손으로 가지 끝을 잡고 오른손으로 톡톡 딸 때 나는 소리 지상으로 빗방울 뛰어내리는 소리

4월 26일 흰민들레 씨앗이 맺히는 대로 받았다 내년 봄

에는 민들레밭을 일굴 것이다

5월 20일 참비름과 명아주 연한 잎을 한소쿠리 땄다 조선간장과 참기름으로 무쳐 고추장에 비벼 먹었다 끝내준다

5월 24일 왕고들빼기 잎사귀 몇장 쌈 싸서 먹었다 봄이 다 가겠다

일찍이 공자는 "지혜로운 자는 물을 좋아하고, 어진 자는 산을 좋아한다. 지혜로운 자는 움직이고, 어진 자는 고요하다. 지혜로운 자는 즐겁게 살고, 어진 자는 오래 산다"라고 역설한 바가 있다. 하지만, 그러나 지혜로운 자가 반드시 물을 좋아하고, 어진 자가 산을 좋아하는 것만은 아니다. 예컨대 북쪽지방의 사납고 험한 곳에 사는 유목민들은 살생을 밥 먹듯이 하면서 살고, 남쪽지방의 맑고 투명한 호수와 바닷가에 사는 사람들은 자연의 풍요로움만을 믿으며 더없이 어질고 착하게 산다.

인간에게 있어서 장소와 풍토의 문제는 그의 운명을 결정하며, 그가 어떤 곳에서 태어났는가에 따라서 그의 인생관과 세계관이 달라진다. 인생관이란 인간이 인간의 삶을 찬양하는 것을 말하고(인생 철학), 세계관이란 '투쟁의 속의 삶을 살아가느냐, 평화로운 삶을 살아가느냐'에 따른 삶의 철학을 말한다. 고향은 그가 이 세상에 태어난 곳을 말하고, 고향은 그의 인생관과 세계관을 결정해준다. 산골에서 태어난 사람은 산골사람이 되고, 평야지대에서 태어난 사람은 농경민이 되고, 바닷가에서 태어난 사람은 뱃사람이 된다. 우리는 누구나 다 같이 자기가 태어나고 자란 곳의 장소와 풍토를 지문이나 젖줄처럼 지니고 있으며, 고향으로 돌아가 죽는 것을 최고의 이상적인 삶으로 생각한다.

안도현 시인의 「3월에서 5월까지」는 '고향 예찬의 전원일기'이며, 자연과 하나가 되는 '삶의 행복'을 노래한 시라고 할 수가 있다. 모든 식물의 대부분은 독초가 아니며, 따라서 그 식물을 알면 보약이고 모르면 잡초라는 말이 생겨나게 되었던 것이다. "3월 17일은 논둑으로 냉이를 캐러 갔"고, "3월 26일"은 엄지발가락만한 달래뿌리를 캐서 달래간장을 만들었고, 이 달래간장으로 흰밥을 비벼먹었다. "3월 28일은 고깔을 쓰고 나온 광대나물을 데쳐 무쳐 먹었"고, "4월 1일은 고들빼기와 흰민들레를 한바구니" 캐서 김치를 담갔다. "4월 7일은 화살나무 새순"과 "돌나물 한움큼"을 채취했고, "4월 10일은 아버지 산소"에 갔다가 "두릅순"을 따왔다. "4월 17일은 소망실 사는 정문수가 엄나무순을 따서 한봉다리" 가지고 왔고, "4월 26일은 흰민들레 씨앗"을 받았다. "5월 20일은 참비름과 명아주 연한 잎을 한소쿠리" 따 "조선간장과 참기름으로 무쳐 고추장에 비벼 먹었"고, "5월 24일은 왕고들빼기 잎사귀 몇 장 쌈 싸서 먹었다."

'금강산 구경도 식후경'이라는 말도 있지만, 그러나 그것은 절대적 빈곤과 배가 고팠던 시절의 이야기이고, 배가 부르면 금강산에 가고 싶지도 않을 것이다. 앞산도 아름답고, 뒷산도 아름답다. 새소리도 아름답고, 푸르고 푸른 들판도 아름답다. 배가 부르면 아름답고 행복한 삶의 찬가가 저절로 울려퍼지고, 빈둥빈둥 낮잠이나 자는 호랑이나 사자처럼 천하제일의 행복한 삶을 살게 된다.

고향이란 장소와 풍토가 몸에 맞는 옷처럼 편안한 곳이며, 그 어떤 다툼이나 이해 관계도 없이 자연과 하나가 되는 그런 삶을 살 수 있는 곳이다. 모든 쌀과 과일과 곡식과 나물들이 입에 맞는 음식이 되고, 따라서 그 모든 것이 단순 음식이 아닌 보약이 되는 곳이다.

안도현 시인의 「3월에서 5월까지」는 봄날의 전원일기이며, 너무나도 아름답고 행복한 삶의 찬가라고 할 수가 있다. 「3월에서 5월까지」는 경제학의 법칙이 작용하지 않는 '느림의 시간'이지만, 그러나 그 황홀함은 모든 세월을 단 한순간으로 만들어버리는 '빠름보다도 더 빠른 느림의 시간'이라고 할 수가 있다.

안도현 시인의 전원일기는 미식일기가 되고, 미식일기는 보약과도 같은 행복의 일기가 된다.

4부

이용우 홍성란 조용미 최병근 이원형
이서빈 조숙진 홍정미 임은경 권선옥
최병근 도종환 이화은 함민복 정현종
정해영 배옥주 박분필 김선태

이용우

떡갈나무

한 알의 도토리,

그 안에

떡갈나무

서

있다

사상가는 전 인류의 스승이고, 사상가는 전 인류를 감동시킬 수가 있다.

내가 대통령이라면 제일 먼저 야스쿠니 신사를 참배하고 일본 천황에게 경의를 표할 것이다. 진정으로 일본인들의 고귀함과 위대함에 경의를 표하고, 일본인들보다 열배, 백배 더 잘 사는 대한민국을 만들 것이다.

내가 대통령이라면 미국의 백악관과 유엔본부에서 열 번이고, 백 번이고 무릎을 꿇고 '우리의 소원은 남북통일'(미군 철수)이라고 절을 할 것이다. 오천 년의 역사를 지닌 우리 한국인들이 왜, 자기 고향 땅과 부모형제도 만날 수 없게 되었냐고 전 인류에게 가장 중요한 과제를 던져줄 것이다.

사상가는 언제, 어느 때나 이겨놓고 싸우고, 사상가는 모든 것을 다할 수가 있다. “한 알의 도토리// 그 안에/ 떡갈나무/ 서/ 있”듯이, 사상가의 지혜 속에는 전 인류의 스승들의 씨앗이 들어 있다.

홍성란

너

담을 넘어와도 죄 아니라는 꽃처럼

오려거든 오렴, 말 모르는 꽃처럼

흔적만 놓아두고 가는 바람처럼 물처럼

물도 천연재화이고, 불도 천연재화이다. 바람도 천연재화이고, 흙도 천연재화이다. 이 천연재화는 만물의 공동재산이고, 어느 누구의 사유재산이 될 수가 없다.

한 편의 시도 만인들의 마음을 사로잡고, 어느 가수의 노래도 만인들의 마음을 사로잡는다. 한 편의 그림도 만인들의 마음을 사로잡고, 어느 운동선수의 묘기도 만인들의 마음을 사로잡는다.

아름다움은 전 인류의 공동재산이고, 어느 누구의 사유재산이 될 수가 없다. 모든 학문과 예술과 정치와 경제 활동마저도 그 궁극적인 목표는 아름다움이고, 이 아름다움은 '너와 나', 즉, 우리 모두의 관계가 된다. '나와 그것'의 관계는 소유의 관계가 되지만, 우리 모두의 관계는 탈소유의 관계가 된다.

너와 나는 담을 넘어도 죄가 안 되는 꽃과도 같고, 우리 모두의 관계는 "흔적만 놓아두고 가는 " 바람이나 물의 관계와도 같다.

모든 시와 노래는 꽃이고, 꽃은 아름답다.

일등국가의 건국이념과 역사와 전통을 살펴보고, 그들이 배출해낸 전 인류의 스승들의 책을 읽고 공부를 한다면 더 이상 바랄 것이 없다.

한국의 호머, 한국의 셰익스피어, 한국의 괴테, 한국의 소크라테스, 한국의 칸트, 한국의 니체, 한국의 아인시타인, 한국의 뉴턴, 한국의 베토벤, 한국의 나폴레옹을 배출해낸다면 미군은 스스로 물러나고, 남북통일도 저절로 이루어진다.

전 인류의 스승들에게는 담장이 없다. 전 인류의 스승들은 담을 넘어도 죄가 안 되는 아름다운 꽃이고, 이 전 인류의 스승들 앞에서 제발로 무릎을 꿇고 존경과 경의를 표하지 않을 사람은 없다.

태양이고 달이고, 북극성이고 수많은 별들이다. 맑은 공기이고 물이고, 풀과 나무이고 천하제일의 절경이다.

당신도, 당신도, 전 인류의 스승이 될 수가 있다.

조용미

금몽암

이곳의 들숨과 날숨, 이곳의 밀물과 썰물, 이곳의 마음과 마음, 이곳의 한기와 온기 사이

또 어디에 내가 자주 머물렀더라

어떤 때 네가 어느 쪽으로 약간 더 기울어지는지 알아차리는 첨예하고도 심심한 그 일이 좋았다

금몽암에 들어
파초 잎에
시를 쓴다

잠을 잘 수도 꿈을 꿀 수도 없다면 이 별은 전생이 분명하니 그만 건너뛰기로 한다

무수히 많은 곳에서 무수히 많은 욕망과 아름다움이 잠복해 있다 우리를 다치게 한다

금몽암에 들러
알록달록한 달리아를
꺾어

다음 생을 준비한다

다친 자국마다 죽은 사람들의 몸에서처럼 하얗게 꽃이 파고들었다 달리아는 혼처럼 나를 대한다

📖

단종(1441~1457)은 그의 아버지인 문종이 너무나도 때 이르게 이 세상을 떠나가자 불과 12살의 어린 나이로 조선의 제6대 국왕으로 등극한 비운의 왕이라고 할 수가 있다. 금몽암禁夢庵은 영월읍 태백산에 있는 암자로서 1457년 단종이 그의 유배지인 영월에서 창건한 보덕사의 부속 암자라고 한다. 단종은 그의 숙부인 수양대군, 즉, 세조대왕에게 왕위를 찬탈당하고 첩첩산중인 영월로 유배된 몸이었기 때문에, 그 어떤 꿈도 꿀 수가 없었던 것인지도 모른다. 단종의 왕권 탈환의 길은 너무나도 완벽하게 봉쇄되어 있고, 그 불가능한 꿈의 울분을 스스로 억누르며 '금몽암'이라고 그 암자의 이름을 명명했는지도 모른다. 꿈을 꾸어서는 안 된다는 것, 아니, 자기 스스로 자기 자신에게 꿈을 꾸어서는 안 된다고 추상명령을 내린다는 것은 12살의 어린 나이에 등극을 하고 불과 16살에 유배지에서 교수형을 당한 단종에게는 너무나도 부아가 치밀어 오르고 가슴 아픈 일이었는지도 모른다.

조용미 시인의 「금몽암」의 시적 주인공은 단종이며, 조용미 시인이 단종으로 변신하여 '단종의 꿈'을 노래한 시라고 할 수가 있다. 단종의 들숨과 날숨이 살아 있고, 단종의 인생유전과도 같은 썰물과 밀물이 넘나들고 있다. 이 마음과 저 마음도 넘나들고 있고, 사계절의 한기와 온기도 오르내리고 있다. 어떤 때는 대왕의 꿈으로 기울어져 있고, 어떤 때는 자포자기의 금몽의 꿈으로 기울져 있을 때도 있었을 것이다.

조용미 시인은 "금몽암에 들어/ 파초 잎에/ 시를 쓴다." 파초는 고사리과에 속하는 상록 다년생초이고, 그 꽃말은 '진보'와 '비범'이라고 한다. 금몽암에는 실제로 파초가 있는지, 없는지는 모르겠지만, 파초 잎에 시를 쓴다는 것은 금지된 꿈을 꾼다는 것이다. 수양대군의 목을 비틀고 왕권을 탈환하는 것은 불가능하지만, 그러나 금몽암에서 금몽암의 꿈을 꾸며, 그 꿈을 시로 쓴다는 것은 진실로 '진보'와 '비범'의 이름에 값하는 것이다. 시를 쓴다는 것은 진보이고 비범이며, 천하제일의 대왕의 꿈을 포기할 수가 없는 것이다.

금몽암에서 금몽암의 꿈을 꾸며, 수많은 공권력과 감시

의 눈초리를 피하는 것은 불가능하지만, 그러나 "잠을 잘 수도 꿈을 꿀 수도 없다면 이 별은 전생이 분명하니 그만 건너뛰기로 한다." 자기 위로와 자기 찬양의 극치가 '전생'이란 말이고, 이 전생이라는 말에는 현재는, 그러니까 현생에는 대왕의 꿈을 포기할 수가 없다는 욕망이 들어 있는 것이다. 조선의 제6대 국왕에서 숙부인 수양대군에게 왕위를 찬탈당한 단종, 1456년 성삼문, 박팽년, 하위지 등이 단종의 복위를 도모하다 처형된 뒤 상왕에서 노산군으로 강봉되어 영월로 유배되었던 단종, 1457년 경상도 순흥으로 유배를 갔던 숙부 금성대군이 다시 단종의 복위를 꾀하다가 발각되자 노산군에서 서인으로 강봉되고 교수형에 처해졌던 단종—. 아무튼 대왕의 옥좌는 수많은 욕망이 집중되어 있는 곳이고, 그 욕망은 아름다움으로 포장되어 있다. 욕망의 아름다움은 금몽암과도 같고, 그 금몽암에 이르는 길은 너무나도 멀고 험하다.

조용미 시인은 파초 잎에 '대왕의 꿈'을 시로 쓰고, 이제는 금몽암에 들러 '꽃 중의 꽃'인 '달리아'로 피어나 "다음 생을 준비"한다. 달리아는 그 꽃이 아주 크고 화려하며, 그 꽃말은 '감사'와 '우아'라고 한다. 달리아는 왕관이 되고, 이 왕관에 매료되면 천번, 만번 죽었다가 다시 살아나도 그 꿈을 접지 못한다.

단종은 시인이 되고, 시인은 파초가 되고, 파초는 달리아가 된다. 대왕은 '인간 중의 인간'이고, 이 세상에서 대왕보다 더 고귀하고 위대한 인물은 없다. 대왕의 꽃인 달리아, 이 아름답고 고귀한 왕관을 차지하기 위하여 끊임없는 중상모략과 권력의 암투가 벌어지고 있는 것이 다 그만한 까닭이 있는 것이다.

파초 일엽에는 대왕의 꿈이 적혀 있고, 금몽암의 달리아는 단종의 왕관처럼 아름답다.

최병근

느티나무가 있는 풍경

간판 없는 공장은 그의 1인 놀이터였다

수령 오백 년 보호수 발치에
기와 정자 하나 빈 채로 앉아 있었다

나는 그 주름진 나무 옆구리에 붙어 있는
볼트 공장 사장을 만나
담배 한 대 피우고 싶었을 뿐이었다

한 치 오차 없이 여름을 깎아
가을의 힘줄을 한껏 조여야 할 그의

볼트

이순에 늦장가 들어 세 살 딸아이를 둔 그는

나무 그늘을 나이테처럼 둥글게
둥글게 땀 흘려 깎고 있었다

그와, 그의 필리핀 아내와
저녁이 여전히 무서운 딸아이

웃음만으로 세상이 어찌 환해질 수 있겠는가

나는 처음 보았다
느티나무가 수만의 푸른 눈동자로
그의 볼트 공장 지붕 그늘을 완성한
한여름 그 오후를

천지창조의 첫날부터 이리는 이리끼리 모여 살고, 늑대는 늑대끼리 모여 살며, 양은 양끼리 모여 산다. 이처럼 무리를 짓는 동물들은 서로가 서로에게 의지해서 살아가지만, 그러나 인간만은 예외인데 왜냐하면 부자와 가난한 자는 다 함께 살 수가 없기 때문이다. 부자는 최상위 포식자인 늑대와도 같고, 가난한 자는 먹이사슬의 최저 밑바닥의 순한 양과도 같기 때문이다. 요컨대 부자와 가난한 자는 그 생활양식과 문화적 차이로 인하여 함께 모여 살 수가 없는 것이다.

부자가 되는 방법은 다음과 같은 세 가지로 설명할 수가 있다. 첫 번째는 훌륭한 부모로부터 수많은 재산을 물려받는 것이고, 두 번째는 소위 명문대학교를 나와 좋은 직업을 얻는 것이고, 그리고 마지막으로 세 번째는 근검절약하고 악착같이 돈을 모으거나 선악을 넘어서 수단과 방법을 가리지 않고 돈을 버는 것이다.

부자는 요새와도 같은 성채에 살고 있고, 가난한 자는 그 어느 것도 생산할 수 없는 폐허 속에서 살고 있다. 부자들은 이마에 땀 흘리지 않고 다양한 취미와 문화생활을 즐기고, 가난한 자들은 사시사철 땀 흘리고 살면서도 문화생활은커녕, 그 어떤 여가선용이나 교육제도의 혜택을 누리고 살 수가 없다. 부자는 소수이고, 그들의 부는 다수의 서민들의 경제활동과 노동력의 착취에 기초해 있다. 부자는 더욱더 부자가 되고, 가난한 자는 더욱더 가난한 자가 되는 이 양극화 구조는 인류의 역사와 함께 영원히 계속되고 있는 것이다.

최병근 시인의 「느티나무가 있는 풍경」은 '이순'을 넘긴 볼트 공장 사장의 '삶의 애환'을 노래한 시이며, 그 아름답고 서정적인 풍경을 통해서 부의 공정한 분배와 만인평등에 대한 소망을 담고 있다고 할 수가 있다. 모든 시인들은 대부분이 소위 흙수저들 편에 설 수밖에 없는데, 왜냐하면 '부익부/ 빈익빈의 양극화 구조'를 완화시키고, 모두가 다 같이 잘 살고 만인이 평등한 이상적인 사회를 꿈꾸고 있기 때문이다.

최병근 시인은 "수령 오백 년 보호수 발치에/ 기와 정자 하나 빈 채로 앉아 있었다"라고 말하고, "나는 그 주름진 나무 옆구리에 붙어 있는/ 볼트 공장 사장을 만나/ 담배 한 대 피우고 싶었을 뿐이었다"라고 말한다. "간판 없는 공장은 그의 1인 놀이터"였고, "한 치 오차 없이 여름을 깎아/ 가을의 힘줄을 한껏 조여야 할 그의// 볼트"는 어렵고 힘든 그의 직업이었다. 간판 없는 공장이 그의 1인 놀이터였다는 것은 영세한 자영업자의 딱한 사정을 말하고, "한 치 오차 없이 여름을 깎아/ 가을의 힘줄을 한껏 조여야 할 그의// 볼트"는 여름 한철 부지런히 땀 흘리고 벌어야 할 그의 급박한 사정을 말하고, 볼트 공장 사장을 만나 담배 한 대 피우고 싶었다는 것은 그의 어렵고 힘든 사정과 그 처지를 이해하고, 그와 함께, 따뜻한 동병상련의 정을 나누고 싶었다는 것을 뜻한다.

이순에 늦장가 들어 세 살 딸아이를 둔 그, 나무 그늘을 나이테처럼 둥글게 둥글게 땀 흘려 깎고 있는 그, 필리핀 아내와 저녁을 무서워하는 딸아이를 둔 그—. 아아, 그러나 "웃음만으로 세상이 어찌 환해질 수 있겠는가?" 부유함의 성채는 더욱더 까마득하고, 가난은 더욱더 처절한 절망감으로 가득차 있게 된다. 산다는 것은 무섭고 두려운 일이고, 모든 환한 웃음들을 다 잡아 먹는다.

느티나무는 영세한 자영업자인 1인 볼트 공장 사장의

꿈나무이고, 이 느티나무는 최병근 시인의 동병상련의 정으로 더욱더 굳고 튼튼하게 자라난다. "나는 처음 보았다"는 것은 기적이고, 그것은 "느티나무가 수만의 푸른 눈동자로/ 그의 볼트 공장 지붕 그늘을 완성한/ 한여름 그 오후를"이라구 시구로 나타난다.

「느티나무가 있는 풍경」은 최병근 시인의 동병상련의 정이 피워낸 풍경이며, 이 세상을 아름답고 풍요롭게 보려는 그의 마음의 풍경이라고 할 수가 있다. 최병근 시인은 오백 년 느티나무의 수목신화를 창출해 내고, 그 수만의 푸른 눈동자로 1인 볼트 공장 사장과 세 살 딸아이와 필리핀 아내를 지켜준다. 시적 상상력은 기적의 힘이고, 이 기적의 힘으로 모든 사람들의 가정의 행복과 평화를 지켜준다.

이원형

빨아 쓰는 슬픔

눈물 닦고

콧물 닦고

바닥까지 훔친 다음

빨아서

다시

눈물 닦고

콧물 닦고

바닥에 떨어진 슬픔을 훔친다

모서리가 각을 버리고

(한 번 쓰고 버려질 몸이란 걸 잊어버리고)

눈물처럼 둥글어질 때까지

오르내리기를 거듭하는

일회용 물티슈

한 번 쓰고 버리긴 아깝다고 말하는

당신의 슬픔은 왜

일회용이 아닌가

불교에는 두 갈래가 있는데, 교학불교와 선학불교가 그것이라고 할 수가 있다. 교학불교는 불경을 중요시하고, 선학불교는 교외별전敎外別傳, 즉, 부처님의 마음을 중요시한다. 한국불교는 선학불교가 주종을 이루고, 그 가르침 가운데 하나가 '살부살조'라고 할 수가 있다. 부처를 만나면 부처를 죽이고, 조사를 만나면 조사를 죽이지 않으면 안 된다.

어떤 스님이 어느 겨울날, 불상(목불)을 쪼개서 불을 때고 있었고, 그것을 본 큰스님이 "이 망할 자식아, 어찌하여 부처님을 태우고 있느냐?"라고 꾸짖었다고 한다. 그러자 그 작은 스님은 "큰스님, 저는 나무를 때고 있는 것이지, 부처님을 태우고 있는 것이 아닙니다"라고 대꾸를 했다고 한다. 이에 더욱더 화가 난 큰스님은 "이 망할 자식아, 그럼 그것이 부처님이 아니고 무엇이냐"라고 노발대발하자, 작은스님은 "큰스님, 그럼 제가 태우고 있는 것이 나무가 아니고 부처님이라면 어디 한번 부처님의 사리가 있는지 찾아봅시다"라고 대꾸를 했다고 한다. 큰스님은 부처님이라는 허상에 집착해 있었던 것이고, 이 '큰스님 대 작은스님의 싸움'은 작은스님의 일방적인 승리로 끝났다고 하지 않을 수가 없다.

'부처란 누구입니까? 똥묻은 막대기이다.' '부처란 누구입니까? 바로 네가 부처이다.' 선학불교의 가장 중요한 가르침 중의 하나는 부처라는 허상에 매달리지 말고, 자기 스스로가 진리를 깨닫고 그 '부처의 삶'을 실천하라는 교훈이라고 할 수가 있다. '공수래공수거'—, 빈손으로 왔다가 빈손으로 가는 '공의 철학'을 생각해본다면 이원형 시인의 「빨아 쓰는 슬픔」도 그렇게 대단한 슬픔이라고 할 수가 없다.

"눈물 닦고/ 콧물 닦고/ 바닥까지 훔친 다음" "빨아서" 다시 쓰는 일회용 물티슈, "다시/ 눈물 닦고/ 콧물 닦고/ 바닥에 떨어진 슬픔을 훔"치는 일회용 물티슈, "모서리가 각을 버리고" "눈물처럼 둥글어질 때까지/ 오르내리기를 거듭하는" 일회용 물티슈—. 비록 일회용 물티슈를 빨아 쓰고, 또 빨아 쓰는 것이 '근검절약의 미덕'이 아니라, 최저 생활의 밑바닥에 몰린 자의 슬픔이 되고 있는 것을 몰이해하고 있는 것은 아니지만, 아아, 그러나 이원형 시인이여, 그대의

「빨아 쓰는 슬픔」은 우리 인간들의 삶을 구원하는 성역이라고 생각하지 않으면 안 된다.

이원형 시인의 「빨아 쓰는 슬픔」은 빨아 쓰는 슬픔이 아니라, 최하 천민의 슬픔을 아름다운 시로 승화시켰다는 점에서 모든 중생들과 모든 독자들을 구원하는 삶의 찬가라고 할 수가 있다. "한 번 쓰고 버리긴 아깝다고 말하는/ 당신의 슬픔은 왜/ 일회용이 아닌가"라는 이원형 시인의 슬픔은 영원히 되풀이 되고 헤어날 수 없는 슬픔처럼 보이지만, 그러나 그것은 단 한번뿐인 삶의 한순간에 지나지 않는다.

'시인-부처'. 일회용 물티슈로 태어나 일회용 물티슈로 사라지는 단 한번뿐인 삶—. 이원형 시인의 「빨아 쓰는 슬픔」은 '근검절약의 미덕'이 아니라, 이 세상의 모든 오물과 더러움을 대청소하는 '시인-부처의 상징'이라고 할 수가 있다.

이원형 시인의 '빨아 쓰는 슬픔'은 '빨아 쓰는 기쁨'이 되고, 그의 가장 뛰어나고 아름다운 시는 이 세상의 삶의 찬가가 된다.

이서빈
새파랗게 운다

외발로 서 있는 소나무 온몸이 따끔거린다
이 세상 바늘 다 소나무 몸에서 나온 것
바람 구름 안개의 모시적삼
새들과 벌나비 온갖 곤충 옷 천의무봉 솜씨로 한 땀 한 땀
손가락 곱도록 품삯 한 푼 없이 지어 계절의 온도습도 조절했다
그들의 옷 짓는 일로 일생 보낸 장인 목에
시퍼런 전기톱 소리 초승달보다 섬뜩한 날 선다
톱날에 잘려 나온 톱밥 펄펄 마지막 숨 흩날리며 땅으로 고요히 내려앉는다

아름드리 소나무가 흐느낀다
언제 숨 잘릴지 모르는 시한부 어깨 들썩이며 운다
별빛도 파랗게 파랗게 새파랗게 울고
허공천에 지나가던 바람 파라람 파라람 운다

재선충 바글바글 덤벼 숨 멈춘 동족 보며 어둠이 지운 해처럼 흔적도 없이 사라질 거라고 구불구불 울다 목울대 툭 불거져 옹이 되도록 운다

비늘 다 벗겨져 속살 보이는 귀신 되어 운다 어려서는 강제로 사지 잘라

자신들 구미에 맞게 분재라는 죄목 붙여 화분에 가두고

자라서는 재목이라 목 잘라 이제 더 이상 살 수 없을 거라고 서럽서럽 운다

멈출 줄 모르는 인간 욕심에 잘려죽고 말라죽고

생식불능 되어 소나무란 말은 닫힐 거라고

슬피슬피 슬슬피피 운다

📖

시인이란 누구인가? 시인은 그의 삶의 체험(공부)과 그 체험에서 얻어낸 삶의 지혜로 인간의 마음을 자극하고 새로운 인간으로 탄생하게끔 만들어준 전 인류의 스승이라고 할 수가 있다. 시인은 언어의 창조주이자 그 언어의 사원을 짓는 명장이라고 할 수가 있다. 이 세계는 시인의 언어로 창조된 세계이며, 이 세계는 시인의 몸(바늘—언어)으로 짜여진 세계인 것이다.

시인은 외발로 서 있는 소나무와도 같고, 자기 자신의 바늘에 찔려 온몸에 따끔거리는 상처를 갖고 산다. "이 세상의 바늘이 다 소나무 몸에서 나온 것"이고, "바람 구름 안개의 모시적삼/ 새들과 벌 나비 온갖 곤충 옷"들을 "천의무봉 솜씨로 한 땀 한 땀" "손가락 곱도록 품삯 한 푼 없이" 직조해 왔던 것이다.

하지만, 그러나 모든 인간과 생명체들이 다 사망선고를 받았고, 경제학에 기초를 둔 인공지능AI의 시대가 도래하게 되었다. 언어의 태양, 언어의 달, 언어의 별, 언어의 대지, 언어의 바다, 언어의 숲, 언어의 사막, 언어의 새들, 언어의 동식물들, 언어의 대평원과 언어의 대빙하들이 다 붕괴되고, "아름드리 소나무"와 시인들이 "언제 숨 잘릴지 모르는 시한부 어깨 들썩이며" "새파랗게 운다." "시퍼런 전기톱 소리 초승달보다 섬뜩"하고, "별빛도 파랗게 파랗게 새파랗게" 운다. "재선충 바글바글 덤벼 숨 멈춘 동족 보며/ 어둠이 지운 해처럼 흔적도 없이 사라질 거라고 구불구불" 운다. "목울대 툭 불거져 옹이 되도록" 울고, "비늘 다 벗겨져 속살 보이는 귀신되어 운다." "어려서는 강제로 사지 잘라/ 자신들 구미에 맞게 분재라는 죄목 붙여 화분에 가두고/ 자라서는 재목이라 목 잘라/ 이제 더 이상 살 수 없을 거라고" 서럽게, 서럽게 운다.

돈과 명예는 같은 무대에 설 수가 없다는 말이 있듯이, 돈과 인간의 관계는 불구대천의 천적관계이며, 우리 인간들의 일에 돈이 개입되면 그 모든 역사와 전통과 이 세상의 삶의 지혜와 인간 관계가 다 파탄이 난다. 돈은 배신과 음모와 사기와 살인과 강도짓 등을 다 사주하는 것은 물론, 전쟁과 내란과 수많은 살생과 생태환경의 파괴까지도 다 연출해낸다. 돈은 악마의 화신이자 모든 불행한 사건의 연출자이며, 이 돈의 맛에 중독되면 그 어떤 수치심과 도덕성도 다 없어지게 된다. 돈은 자본주의에 기초해 있고, 자본주의의 경제학은 시인과 인간의 목을 비틀고 서정시와 인문학의 싹을 다 잘라버린다. 국가와 사회와 회사의 조직체도 다 무너졌고, 학교와 군대와 병원의 조직체는 물론, 가정과 부모형제와 이웃과 친족의 관계도 다 무너졌다.

인간은 어디에서 태어났고, 어디로 가고 있는가? 돈으로부터 태어나서 돈의 노예로 살다가 돈의 화장터로 가게 된다. 돈이 없으면 산부인과에서 태어날 수도 없고, 돈이 없으면 학교 교육과 문화적 혜택을 누릴 수도 없고, 돈이 없으면 요양원과 요양병원과 화장터에도 갈 수가 없다. 장수만세의 세상은 사는 비용보다도 은퇴 이후 요양원과 요양병원, 그리고 아무런 연고도 없이 화장터에서 소각되기까지의 죽는 비용이 더 많이 드는 세상이라고 할 수가 있다. 자식도, 마누라도, 손자도 필요가 없고, 단 한 푼의 유산도 남기지 않고 다 쓰고 화장터로 가라는 것이 자본주의 사회의 지상명령이라고 할 수가 있다.

자유와 평화와 사랑의 합창 대신, 고소-고발의 소송전의 찬가가 울려 퍼지고, 임전무퇴와 초전박살의 정신이 모든 시민과 군인과 국회의원과 대통령의 의식과 무의식을 가득 채운다. 무서워하는 사람과 무서워하는 사람만이 모여서 우울증과 정신분열증을 앓으면서 새파랗게 운다.

황금알을 낳던 거위가 울고, 봄부터 가을까지 꽃 피고 열매를 맺던 산천초목이 울고, 만지는 것마다 황금이 되게 해달라고 빌던 미다스 왕(자본가)이 운다. 헐벗은 산, 헐벗은 들, 오폐수로 가득한 강과 호수와 바다, 이상 고온과 이상 저온 등, 우리 자본가들의 욕심에 "잘려죽고 말라"죽은 생명체들이 새파랗게 운다.

시인은 언어의 창조주이자 언어의 명장이며, 영원한 전 인류의 수호신이다. 이제 이서빈 시인과 늘 푸른 소나무들도 병이 들었고, "언제 숨 잘릴지 모르는 시한부 어깨 들썩이며 운다."

돈, 인공지능, 장수만세—, 지구촌 전체가 요양원과 요양병원의 천국이 되어가고 있는 자본주의 사회에서는 재선충같은 독충들만이 득시글거린다.

새파랗게 운다. 무섭다.

이서빈 시인은 최후의 단말마의 비명 소리–「새파랗게 운다」가 지구촌을 덮친다.

조숙진

혀끝의 모의

입에서 불을 뿜는 동물을 보았습니다
당신의 바로 곁에도 보입니다

물 쏘는 소방호스처럼 입이 향하는 곳에
불꽃이 입니다
기름이 튀듯 하고 물감이 번지듯 합니다

위태로운 외줄 타기에서 추락한
출입금지 노란 밧줄로 묶인 집

파랑새가 되고 싶은 아기새들은 한없이 날갯짓하는데
밧줄 끝에서 허둥대는 가장의 몸부림
활시위를 팽팽하게 당긴 채
불화살을 단 혀끝에서 한참을 타올랐어요

배탈만 나도 그냥 가르는 세상이죠

잔뜩 숨을 부풀린 파도 한 채 덮쳐 오면
모래 속에 부유하는 불쏘시개들
잦아들다가도 걷잡을 수 없는 불바다로 다시 핍니다

어쩌다 기적처럼 살아남은 인생들은
망각의 불을 지펴
언제 사그라질지 모른 채 솟아오르는
거대한 말풍선이에요

온갖 색의 혀를 날름거리는
새 품종의 인류가
우리 안에서 태어나는 순간이죠

호흡 같은 말의 씨를 뱉으려다
꿀꺽 삼킵니다

말은 선이면서도 악이고, 말은 약이면서도 독약이다. 말은 물이면서도 불이고, 말은 미담이면서도 험담이라고 할 수가 있다. 말이 선이고 약이고 물이고 미담일 때는 만인들을 살릴 수도 있는데, 왜냐하면 '가난한 자는 복이 있다', '만인은 평등하다', '네 이웃을 내 몸처럼 사랑하다'라는 말에서처럼 수많은 사람들을 살릴 수도 있기 때문이다. 칭찬은 바보도 춤을 추게 만들고, 이 세상의 삶에 지치고 실의에 빠진 사람들에게도 꿈과 희망을 가져다가 준다.

하지만, 그러나 말이 악이고 독약이고 불이고 험담일 때는 수많은 사람들을 죽일 수도 있는데, 왜냐하면 미담이 아닌 험담은 '이교도와는 한 솥밥을 먹을 수가 없다', '문명인과 야만인의 차이는 인간과 원숭이의 차이보다도 더 크다', '우리와 함께 하지 않으면 모두가 적이다'라는 말에서처럼 수많은 사람들을 죽일 수도 있기 때문이다. 낮말은 새가 듣고, 밤말은 쥐가 듣는다. 말은 총과 칼보다도 더 무서운 무기이며, 일찍이 이 말보다 더 끔찍하고 잔인한 무기는 없었던 것이다. 최종심급은 경제가 아니라 말이며, 어느 누가 이 말의 소유권과 지배권을 갖고 있는가에 따라서 그의 사회적 지위와 그 모든 것이 결정되고 있는 것이다. 정치권력도, 경제권력도 이 말의 소유권과 지배권에 따라 결정되고, 종교권력도, 문화권력도 이 말의 소유권과 지배권에 따라 그 폭력적인 서열구조가 결정된다. 우리 인간들은 총과 칼로 타인들을 죽이는 것이 아니라 총과 칼 이전에 말(험담)로써 죽인다. 총과 칼은 다만 도구이며, 모든 죄의 책임은 우리 인간들의 말에 있는 것이다.

조숙진 시인의 「혀끝의 모의」는 말의 음화이며, 우리는 말에 의해서 살고, 말에 의해서 죽어간다는 사실을 노래한 시라고 할 수가 있다. 세 치 혀는 말의 중심기관이며, 이 「혀끝의 모의」에 의해서 모든 사건과 사고가 발생하고, 한 걸음 더 나아가 천재지변과도 같은 내란이나 혁명이 일어난다고 할 수가 있다. 조숙진 시인의 표현대로, 우리 인간들은 "입에서 불을 뿜는 동물"이며, 이 말의 화형장치로 수많은 동식물들과 적대자들을 다 살해하고 있다고 할 수가 있다. 우리 인간들의 입은 언제, 어느 때나 화염방사기처럼 입에서 불꽃을 쏘아대고, 우리 인간들의 입은 다른 한

편, 그에 맞서서 소방호스처럼 물을 쏘아댄다. 말은 기름이 튀듯이 선과 악, 약과 독약, 물과 불, 미덕과 험담으로 끓어오르고, 말은 또한, 물감이 번지듯 이 용호상박의 백병전 끝에 "위태로운 외줄 타기에서 추락한" 어떤 사건들처럼 "출입금지가 된 노란 밧줄로 묶인 집"을 물들인다.

우리들의 미래의 희망인 "파랑새가 되고 싶은 아기새들은 한없이 날갯짓"을 하지만, 이 세상의 삶의 밧줄에 묶인 가장들은 "활시위를 팽팽하게 당긴 채/ 불화살을 단 혀끝에서 한참을" 타오르지 않으면 안 된다. 불화살을 단 혀끝은 생존경쟁의 처절함을 뜻하고, 이 생존경쟁의 처절함은 자기 자신과 수많은 타인들의 수명을 단축시키게 된다. 잡아 먹지 못하면 잡아 먹히게 되고, 그를 죽이지 못하면 내가 죽게 된다. 이 세상은 그토록 잔인하고 끔찍한 「혀끝의 모의」가 지배하는 세상인데, 왜냐하면 "배탈만 나도 그냥 배를 가르는 세상"이기 때문이다.

어제도, 오늘도, 내일도 잔뜩 숨을 부풀린 말의 파도들이 몰려오면 "모래 속에서 부유하는 불쏘시개들"이 일어나 모든 태평천하를 불바다로 만들어 버린다. 어쩌다가 기적처럼 살아남은 인생들은 "망각의 불을 지펴"보지만, 그러나 "언제 사그라질지도 모른 채" "거대한 말풍선"들이 떠오르게 되고, 바로 그때에, "온갖 색의 혀를 날름거리는/ 새 품종의 인류가" 태어나게 된다.

말의 선, 말의 악, 말의 약, 말의 독, 말의 물, 말의 불, 말의 미담, 말의 험담 등—. 말은 총천연색의 풍선이고 밤하늘의 별들이고, 이 말의 우주에는 모든 동식물들이 다 살고 있다. 말은 만물의 터전이고, 말은 대자연의 우주이며, 우리 인간들은 말에 의해서 태어나 말로 숨쉬고, 말을 통해서 「혀끝의 모의」로 불화살을 쏘아대며 살아간다.

독화살을 가장 잘 쏘는 자도 '독화살의 꿈'에 가위눌리듯이, 「혀끝의 모의」를 가장 좋아하고 즐기는 제일급의 시인도 "호흡 같은 말의 씨를 뱉으려다/ 꿀꺽 삼킵니다"라는 시구에서처럼, 말의 불화살을 싫어한다.

혀끝의 모의, 말의 불화살—, 우리 인간들은 어제도, 오늘도, 내일도 참으로 끔찍하고 무서운 말의 전쟁 시대를 살아가고 있는 것이다.

홍정미

운수골

칡꽃 향기에 취해

늘 비틀거렸다

다래나무이거나 산뽕나무이거나

내려오는 바람은 따로 있어 골짜기를 꿈틀꿈틀 기어 내
릴 때

가난한 휴가의 밥 짓는 냄새가 가득 메웠다

두고 온 도시의 쓸쓸함이 일어

자꾸 눈을 비비다가

개울물 소리에 끌려 물속을 종일 들락거렸다

나뭇잎 쓸리는 소리에 놀란 새 한 마리

저무는 그림 속으로 사라지자

더위도 비켜나갔다

그리운 것이 많아

서글픈 곳,

운수골 골짜기에 여름이 깊다

📖

칡꽃은 갈꽃이며, 등꽃과는 다르게 왼쪽으로 감아 올라가고, 등꽃은 주로 오른쪽으로 감아 올라간다. 갈등이란 칠꽃(칡)과 등꽃(등나무)의 관계를 말하지만, 칡꽃과 등꽃은 덩굴식물로서 매우 생명력이 강하고 그 향기가 아주 진하다고 할 수가 있다. 조용하고 호젓한 야산이나 깊고 깊은 산길을 거닐며 자주색 또는 붉은색으로 피는 칡꽃을 바라보며, 이 칡꽃의 아름다움과 그 향기를 맡아본 사람이면 홍정미 시인의 「운수골」의 칡꽃 향기가 그냥 말장난이 아니라는 것을 알게 된다. 꽃은 자기 존재의 가장 이상적인 결정체이며, 그 향기는 자기 짝을 부르는 중독성 마약이라고 할 수가 있다.

운수골은 깊디 깊은 강원도의 산골짜기이고, 홍정미 시인이 "칡꽃 향기에 취해/ 늘 비틀거렸"던 곳이기도 하다. "다래나무이거나 산뽕나무이거나/ 내려오는 바람은 따로 있어 골짜기를 꿈틀꿈틀 기어 내릴 때/ 가난한 휴가의 밥 짓는 냄새가 가득 메웠다.” 이 세상의 삶이 칡꽃처럼 아름답고 향기롭다면 아주 행복하겠지만, 다래나무와 산뽕나무, 즉, 이 세상의 어중이떠중이들의 삶은 그 중심을 잃고 꿈틀꿈틀 기어다닐 수밖에 없다. 어렵고 힘든 삶은 아주 조용하고 아름다운 운수골 골짜기마저도 가난으로 물들이고, “두고 온 도시의 쓸쓸함이 일어/ 자꾸 눈을 비비다가/ 개울물 소리에 끌려 물속을 종일 들락”거리게 만든다.

가난은 삶을 외롭고 쓸쓸하게 만들고, 타인들이나 친구들을 못 견디게 그리워하면서도 “나뭇잎 쓸리는 소리에 놀란 새 한 마리”처럼 아주 자그만 기척에도 소스라치게 놀라게 만든다. 가난은 운수골이며, “그리운 것이 많아/ 서글픈 곳”이고, 가난은 외로움이고 쓸쓸함이다. 가난은 차가움이며, 시인의 명예이고, 그 모든 더위를 다 씻어주는 운수골 골짜기와도 같다.

시는 칡꽃이고, 칡꽃의 향기이며, 그 아름다움에 취해 그 중심을 잃고 비틀거리게 만든다. 이 세상은 “그리운 것이 많아/ 서글픈 곳”이고, “운수골 골짜기에 여름이 깊다.”

홍정미 시인의 「운수골」은 ‘시서화詩書畵의 극치’이며, 이 시의 골짜기로 모든 사람들을 다 불러들인다.

시는 두뇌 속에 있지 않고, 가슴 속에 있다. 이 정직하고 성실한 삶이 칡꽃처럼 피거나, 또는 운수골 골짜기처럼 깊고 깊게 펼쳐지는 것이며, 시인은 바로 그것을 받아 적으면 된다.

시인은 가난하게 살고, 가짜 시인은 화려하게 산다.

임은경

공원에서

구름이 둥근 얼굴을
호수에 담근 날

꼬마는 비눗방울 놀이에 한창인데
비눗방울이 커졌다가 사라질 때를 기다려
천천히 잔디공원을 걸었다

라일락 향기가
아이들 재잘대는 소리를 따라가더니
무더기 무더기마다 꽃을 피웠다

비눗방울 수만큼 머물다가
가벼운 발걸음으로 하나둘 돌아가면

공원 여기저기는
사랑의 흔적

📖

일은 즐겁고 기쁜 것이지만, 노동은 어렵고 힘든 것이다. 일은 자기 자신이 좋아서 하는 것이지만, 노동은 밥벌이를 위해서 자기 자신의 몸을 파는 것이기 때문이다. 일은 창조적인 예술성과 생산성을 자랑하고, 노동은 경제적인 법칙에 따라 타인의 말과 명령에 따르는 강제성과 구속성을 자랑한다. 따지고 보면 일과 노동도 밥벌이 관련이 있는 것이지만, 그러나 이 일과 노동을 떠나서 가장 즐겁고 신나는 것은 아무런 목적도 없고 그 어떤 구속성도 없는 놀이일 것이다. 놀이는 자유이고 자유의 행사이며, 이 신선놀음에 의하여 이 세상의 삶은 즐겁고 기쁜 것이 된다.

임은경 시인의 「공원에서」의 시간은 놀이의 시간이며, 경제학의 법칙에서 벗어난 자유의 시간이다. "구름이 둥근 얼굴을/ 호수에 담근 날"이고, "꼬마는 비눗방울 놀이에 한창"이고, 시인은 "비눗방울이 커졌다가 사라질 때를 기다려/ 천천히 잔디공원을 걸었"던 것이다. "라일락 향기가/

아이들 재잘대는 소리를 따라가더니/ 무더기 무더기마다 꽃을 피웠"고, "비눗방울 수만큼 머물다가" 수많은 사람들이 돌아가면 "공원 여기저기는/ 사랑의 흔적"으로 가득하게 된다.

임은경 시인의 「공원에서」는 현실주의자와 이상주의자가 만나 '사랑의 꽃'을 피우게 된다. 현실주의자는 자유자재롭게 공원을 거닐며 구름이 둥근 얼굴을 호수에 담근 것을 보고, 꼬마들이 하나, 둘, 비눗방울 놀이를 하는 것을 본다. 이에 반하여, 이상주의자는 "라일락 향기가/ 아이들 재잘대는 소리를 따라가"다가 "무더기 무더기마다 꽃을 피"우는 것을 보고, "공원 여기저기"에서 비눗방울만큼이나 수많은 사랑의 흔적을 발견한다. 현실주의자는 언제, 어느 때나 자기 자신이 발을 딛고 있는 현실에 뿌리를 내리고, 이상주의자는 그 현실주의자의 목에 올라타 사랑의 꽃을 피운다.

임은경 시인의 공원은 놀이의 공간이고, 자유의 공간이며, 우리들의 영원한 사랑이 싹트는 이상낙원이다. 사랑은 그 어떠한 고통과 삶의 장애물들마저도 다 뿌리치고, "무더기 무더기 꽃"을 피운다.

행복의 첫 번째 조건은 자유이고, 행복의 두 번째 조건은 그가 꿈을 꾸고 그것을 실천할 수 있는 공간이다. 자유는 마음껏 상상하고 꿈을 꿀 수 있게 해주고, 공간의 그가 그의 뜻대로 꿈을 꾸고 그 행복의 씨앗을 뿌리게 해준다.

우리는 산책하면서 꿈을 꾸고, 그 위대함의 뿌리를 내린다. 늘, 항상 산책하는 자는 고귀하고 위대한 꿈을 꾸는 시인이며, 그는 영원한 이상낙원을 창출해낸다.

권선옥

호위무사

부모 뒤를 쫄랑쫄랑
나귀 새끼처럼 따라다니던
여러 명의 아이들,
자식이 울타리라고 하던
시절이 있었다

요즘은 아이 하나를
부모가 따라다니고
할머니 할아버지까지 다섯도 모자라
외할머니 외할아버지까지
호위무사 일곱이 따라다닌다

📖

우리 인간들의 앎은 양날의 칼과도 같으며, 이 앎을 잘 사용하면 이 세계를 모두가 다 같이 잘 살 수 있는 지상낙원으로 만들 수가 있지만, 이 앎을 잘못 사용하면 자기가 자기 자신의 배를 할복하는 무기로 사용하게 된다. 모든 최고급의 앎은 오직 소수의 인간만이 터득할 수가 있으며, 이 우월주의는 타인을 지배하고 착취하려는 탐욕으로 나타나게 된다. 만물의 영장이라는 오만방자함으로 자연과 이 세계를 파괴하고, 이 극단적인 탐욕은 모든 인간들을 다 뿌리뽑힌 존재로 만든다. 오늘날의 젊은이들은 '사회적 동물'이라는 말의 반대방향에서, 결혼, 출산, 내집마련 등의 모든 것을 다 포기한 세대이며, 그 결과, '저출산-고령화 사회의 원주민'이 되어가고 있는 것이다.

학연과 혈연과 지연은 우리 인간들의 삼대 인맥이며, 이 인맥을 토대로 하여 그 모든 사람들과 관계를 맺고 자기 자신의 사회적 활동을 해나가게 된다. 학연이란 함께 공부한 동문들과의 관계를 말하고, 혈연이란 그가 태어나고 자란 가문을 말하며, 지연이란 그가 태어나고 자란 고향을 말한다. 오늘날의 우리 젊은이들은 학연만 소중하게 생각하지, 혈연과 지연은 모두가 다 같이 안중에도 없는 것처럼 생각한다. 부모형제도 돈을 주고받는 이해타산의 관계이며, 그가 태어나고 자란 곳도 오랫동안 타향살이로 두 번 다시 되돌아갈 수가 없게 되었다. 조상대대로 내려오던 가문과 선산도 없어졌고, 또한, 조상숭배의 제사와 그 혈연과 고향에 대한 전통과 역사도 없어졌다.

결혼을 하지 않으니 자식도 없고, 제사를 지내지 않으니 선산과 무덤도 소용이 없어졌다. 먹고 살기 바쁘니 아버지와 어머니를 부양할 수도 없고, 어쩌다가 아버지와 어머니가 유산을 남겨주면 다 팔아버리고 고향과의 인연을 끊어버린다. 친구와 친척들과의 인연과 만남도 없으니, 고양이와 개들을 반려동물로 삼고, 그 결과, 수많은 젊은이들의 자살과 고독사가 늘어나게 되었다. 컴퓨터, 스마트폰, 인공지능, 로봇, 드론, 자율주행차, 호화유람선, 우주왕복선 등의 최첨단의 문명의 이기들이 늘어날 때마다 모든 부는 소수의 부자들에게만 들어가고, 우리 젊은이들은 결혼을 하고 아이들을 양육할 능력도 없어진다.

총과 칼로 일어난 자는 총과 칼로 망하듯이, 최고급의 지혜로 신의 목을 비틀고, 그 결과, 수많은 이권다툼으로 모든 인간관계와 공동체 사회가 다 파괴되었다. 수많은 고등교육의 인재들과 최첨단의 이기들이 쏟아질 때마다 더욱더 이권다툼이 치열해지고, 그 결과, 인간이 인간의 미래에다가 살충제와 고엽제를 뿌려대게 되었던 것이다.

그 옛날에는, 아니, 4~50년 전만 하더라도 "부모 뒤를 쫄랑쫄랑/ 나귀 새끼처럼 따라다니던/ 여러 명의 아이들"이 있었고, 그 아이들이 미래의 호위무사처럼 가장 든든하고 믿음직한 우리 부모님들의 울타리가 되어주었던 것이다. 하지만, 그러나, 오늘날은 결혼과 출산포기의 젊은이들이 대세를 이루게 되었고, 어쩌다가 자식들이 결혼을 하면 "아이 하나를/ 부모가 따라다니고", "할머니 할아버지까지 다섯도 모자라/ 외할머니 외할아버지까지/ 호위무사 일곱이 따라다닌다."

학연도 고소-고발의 이권다툼으로 초토화되었고, 혈연도 고소-고발의 이권다툼으로 초토화되었고, 지연도 고소-고발의 이권다툼으로 초토화되었다. 인간과 인간이 서로를 믿지 못하고, 모든 인연을 끊어버리는 '고소-고발의 소송전'은 인간이 인간 사회를 향해 자행하는 집단난투

극이라고 할 수가 있다.

소위 고학력 사회와 첨단 자본주의 사회일수록 '고소-고발의 소송전'이 난무하게 되고, 이 '고소-고발의 소송전'으로 인하여 우리 인간들의 공동체 사회와 국가가 소멸되어가고 있다고 하지 않을 수가 없다.

우리 인간들의 지옥은 앎(지혜)이며, 이 앎에 의한 탐욕과 우월주의로 인하여 이 지구촌이 대폭발을 하게 되었다고 하지 않을 수가 없다.

대한민국 정부는 하루바삐 우리 한국의 어린아이들을 천연기념물과 멸종 위기의 동물로 지정하고, 대한민국 정부에서 출산과 육아와 교육과 삶과 죽음까지도 전면적으로 관리하고 통제하기를 바란다.

최병근

무국적자

파도는 떠나는 쪽이 나을까 바다를 떠나든 바닷가를 떠나든
아무 데도 속할 수 없는 무국적자는
가방 하나 갖고 오지 못해 거품으로 입국했다
떠나야 한다고 앞을 보며 뒷걸음질친다 이곳은 아니라고
뒤로 물러나면서도 어른거리는 지상의 꿈을 생각한다

부딪히는 소리에 지배당한 오후
육지의 소음은 파도가 잡아먹고
오열하는 그의 소리가 거칠게 멀어진다
파도에게서 음音을 찾는 일이란 어려운 일이 아니다

넓고 깊은 냉혈을 이해하는가
오래도록 떠돌던 마음의 국경을 바다는 아는가
바다는 무국적자의 아버지

딸은 아버지를 떠나려 하고 아버지의 부름에
다시 바다로 돌아가는 신화를 알게 된다

미성은 없다 그리워하다 돌아버린 여인의 간곡한 부탁이 있을 뿐
그녀는 신음도 괴성도 아닌 그 자체로 폭발하고 메아리쳐 돌아오고
머물고 싶은 파도는 몸을 내던져 창문을 두드린다

떠나야 한다, 아니 가야 한다, 뭍으로
불법체류자가 된 몸을 숨기지 않고
계속 넘어지고 일어나고 반복 또 반복된 음악은 도돌이음계였다

무국적자라는 이름으로 허용되는 반항의 시간
파도는 기어코 바다를 떠나고 있다.

📖

올해는 단기 4,357년, 일찍이 단군시조께서 4,357년 전 조선(대한민국)을 건국하고, 우리 한국인들의 미래의 인간형인 '홍익인간'을 제시한 바가 있다. 전 인류의 가장 이상적인 홍익인간으로서 역사와 전통을 잘 계승하여 발전시키고, 대한민국을 이 지구상의 이상낙원으로 건설하라는 것이 단군시조의 역사철학, 즉, 건국이념이었던 것이다. 세계 일등국가의 첫 번째 조건은 건국이념이고, 그 두 번째 조건은 그 건국이념을 실천할 수 있는 도덕과 법률이라고 할 수가 있다. 건국이념은 그 국민이 국민으로서 살아갈 수 있는 삶의 목표와 함께 무한한 자긍심을 심어주게 되고, 도덕과 법률은 공동체 사회의 구성원으로서 모든 분쟁과 다툼을 방지하고, 서로가 서로를 사랑하고 도와줄 수 있는 실천철학이 된다. 건국이념과 도덕과 법률, 즉, 이 이론철학과 실천철학이 하나가 될 때, 우리 대한민국은 전 인류의 존경과 찬양을 받는 일등국가가 될 수가 있는 것이다.

하지만, 그러나 우리 한국인들은 오천 년의 역사와 전통을 자랑하면서도 '뿌리 없는 민족'의 대표적인 예로서 전 인류의 경멸과 조롱거리로서 살아가고 있다고 할 수가 있다. 당나라의 노예, 원나라의 노예, 명나라의 노예, 청나라의 노예, 대일본제국의 노예, 그리고 미제국주의의 노예로서 수천 년 동안을 살아오면서, 역사와 전통은 물론, 오늘날 단군시조 대신 '주 예수 그리스도'를 '종족의 신'으로 섬기며 모든 영광과 찬양을 다 바치며 살아가고 있는 것이다. 대대로 수천 년 동안 농경민으로 살아왔으면서도 이스라엘의 유목민의 삶을 찬양하고, 대한민국의 최고의 국경일인 개천절(건국기념일)을 어느 대통령도 거들떠보지 않으며, '주 예수 그리스도의 탄생일'인 성탄절을 최고의 국경일로 간주하고 있는 것이다.

오늘날 우리 한국인들은 한국인이면서도 한국인이 아니고, 또한, 미국인(유태인)을 찬양하면서도 미국인이 아니다. 한국계 미국인은 미국인이면서도 미국인이 아니고, 미국계 한국인은 한국인이면서도 한국인이 아니다. 한국의 기독교인들은 농경민의 후손이면서도 농경민이 아니고, 또한 그들은 '주 예수 그리스도'를 찬양하면서도 유태인이 아니다. 우리 한국인들은 미국인들에게 역사와 전통은 물론, 그 모든 것을 다 빼앗긴 '뿌리 없는 민족'이고, 따라서 우리 한국인들의 '조국애'는 손톱만큼도 찾아볼 수가 없게 되어 있다. 작은 나라가 큰나라를 섬겨야 한다는 것, 피도 눈물도 없는 식인귀, 살인마, 정복자들에게 무조건 충성을 맹세해야 한다는 '사대주의'는 건국이념이 되고, 도덕과 법률보다는 개인의 이익이 우선이라는 '부정부패'는 우리 한국인들의 실천철학이라고 할 수가 있다.

일찍이 헤겔이 역설한 바가 있듯이, 국가를 형성하지 못한 민족은 민족이 아니듯이, 최 시인의 「무국적자」는 뿌리가 없는 자이며, 이 어렵고 힘든 세상에 그 어떤 보호장치와 안전장치도 없는 자에 지나지 않는다. 무국적자는 학교도 갈 수가 없고, 취업도 할 수가 없다. 군대도 갈 수가 없고, 건강보험을 가입하거나 예금 거래도 할 수가 없다. 부모형제를 만나러 북한으로 갈 수도 없고, 미군 철수를 외치거나 남북통일을 이룩할 수도 없다. 오늘날 우리 한국인들은 비록, 고급문화인의 탈을 쓰고 있지만, 미국인과 기독교인들에게 영혼과 육체는 물론, 역사와 전통과 대한민국을 다 빼앗긴 「무국적자」들에 지나지 않는다.

파도란 크고 작은 물결을 말하고, 사나운 바람이나 기후에 의해서 일어나는 현상을 말한다. 거품이란 물이 공기나

그밖의 기체를 머금고 부풀어 오르는 현상을 말하고, 어떤 현상 따위가 겉만 번지르 하고 속이 텅 빈 현상을 말한다. 파도도 고정불변의 현상이 아니고, 거품도 고정불변의 현상이 아니다. 파도는 무국적자이고 거품이며, 그는 앞으로 가는 것이 뒤로 가는 것이고, 또한, 뒤로 가는 것이 앞으로 가는 것이다. "아무데도 속할 수 없는 무국적자는/ 가방 하나 갖고 오지 못해 거품으로 입국"했고, "떠나야 한다고 앞을"보면서도 뒷걸음질을 친다. "이곳은 아니다"라고 "뒤로 물러나면서도 어른거리는 지상의 꿈"을 어쩌지 못한다.

모든 국적자들은 "냉혈한"들이고, 이 냉혈한들은 진정으로 무국적자들을 품어준 적이 없다. 떠밀려 왔다가 떠밀려 나가고 물방울처럼 부풀어 올랐다가 산산이 부서져 나가는 무국적자들을 모든 고급문화인들은 진정으로 받아준 적도 없다. 바다는 디아스포라, 즉, 무국적자의 아버지이고, 모든 딸들은 아버지를 떠나야 한다고 말하면서도 아버지의 부름에 다시 바다로 돌아가지 않으면 안 된다. 아름다운 미성이나 노래도 없고, 오직 육지를 그리워하다가 돌아버린 여인들의 신음과 울음 소리만이 있을 뿐이다.

모든 무국적자들은 "떠나야 한다, 아니 가야 한다"고 외치지만, 그러나 그 불법체류자의 신분을 숨기지 못한다.

무국적자들은 파도이고 거품이며, 이 세상에 존재하면서도 존재하지 않는 조국 없는 우리 한국인들과도 같다. 단군과 홍익인간을 '악마의 화신'으로 규정하고 미군의 총과 칼로 살해하고 있는 우리 한국인들, 대대로 정든 고향 땅에서 농사를 짓고 살아왔으면서도 모든 영광과 찬양을 유목민의 신인 '예수 그리스도'에게 다 바치고 있는 우리 한국인들—. 아아, 이 세상 어느 누가 우리 한국인들에게 단군시조의 건국이념과 홍익인간의 사상을 가르쳐 줄 수가 있단 말인가?

우리 한국인들은 영원히 조국이 없는 무국적자들이고, 영원히 조국을 그리워하는 파도와 물거품은 같은 존재들에 지나지 않는다. 조국도 없고, 역사와 전통도 없다. 부모와 형제도 없고, 남편과 자식도 없다. 비참, 망명, 떠돌이-나그네, 소외, 추방, 감금, 구타, 고문, 사형 등과 함께, 사랑과 평화와 행복이 무엇인지도 모르고 살아가는 우리 한국인들—.

아아, 이 세상에서 가장 못났고 불쌍한 우리 한국인들이여!!

도종환

저녁

새들처럼

돌아가야 할 곳을 생각하는 저녁

한 해가 저물고 있구나 하는 생각에

잠시 고요해지는 저녁

문득 보고 싶은 얼굴이 떠오르는

선달 열이레 날 초저녁

📖

대한민국은 불교와 기독교와 가톨릭 등의 신도가 전 국민의 50%가 넘는 국가이지만, 그러나 대부분의 신도들은 국가와 사회와 가정이 무엇인지도 모르는 '어중이떠중이들'에 지나지 않는다. 모든 종교는 개인을 위해 존재하지 않고 공동체 사회를 위해 존재하며, 따라서 모든 기도는 '나'가 아닌 '우리 모두의 행복'이 그 목표가 되지 않으면 안 된다.

우리는 운명공동체이며, 상호 간의 질투와 시기와 중상모략보다는 서로가 서로를 믿고 사랑하는 관계가 되지 않으면 안 된다. "새들처럼/ 돌아가야 할 곳을 생각하는 저녁"은 집으로 가거나 저승으로 가거나 우리 모두가 살고 있는 공동체 사회에 맞닿아 있지 않으면 안 된다. 인간은 이 세상에서는 물론, 저승에 가서까지도 사회적 동물이며, 이 사회를 떠나서는 존재할 수가 없다.

따라서 "한 해가 저물고 있구나 하는 생각에/ 잠시 고요해지는 저녁"은 내가 한 해 동안 모범시민으로서 나와 타인을 위해서 무엇을 했나라고 반성하고 성찰하는 시간이 되어야 하고, "문득 보고 싶은 얼굴이 떠오르는/ 섣달 열이레 날 초저녁"은 우리 모두가 다 같이 보고 싶은 그립고 정다운 사람의 얼굴이 되지 않으면 안 된다.

꿀벌도 개미도 너무나도 분명하고 엄격한 계급서열이 있고, 소들도 개들도 너무나도 분명하고 엄격한 계급서열이 있다. 사슴도 새들도 너무나도 분명하고 엄격한 계급서열이 있고, 코끼리도 양떼들도 너무나도 분명하고 엄격한 계급서열이 있다.

도종환 시인의 「저녁」의 '나'는 공동체 사회 속의 '나'이며, 우리 한국어 속에서만 한국인이듯이, '일등국가—일등국민'의 '나라'를 위해 시를 쓰지 않으면 안 된다.

모든 시인은 전 국민의 인격화로서 대한민국의 모범시민이자 영웅이 되지 않으면 안 된다.

이화은

숨어서 운다

나무가 우는 줄 알았다

잎새 사이사이 초록 사이사이

작은 새들이 켜켜이 운다

한꺼번에 운다

울음이 줄줄 나무 밖으로 흘러내린다

엄마는 부엌에서 울고

언니는 광 속 어둠 속에서 울었다

나는 감나무 아래 쪼그리고 앉아 감꽃을 주우며 울었다

바람도 없는데 늙은 감나무가 한꺼번에 감꽃을 쏟은 까닭을

어린 나는 알고 있었다

📖

모든 시와 철학은 노래이며, 이 노래는 이 세상의 삶의 찬가와 비가로 이루어져 있다고 할 수가 있다. 즐겁고 기쁜 노래는 찬가가 되고, 우울하고 슬픈 노래는 비가가 된다. 모든 시와 예술은 이 세상의 삶에 대한 전정제인데, 왜냐하면 이 세상의 삶은 고통으로 되어 있기 때문이다.

고통은 참고 견디기 어려운 것이며, 날이면 날마다 사선을 넘나들며 죽을 만큼의 고통을 견디지 않으면 안 된다. 밥을 먹고 산다는 것도 고통이고, 타인들과 만나 싸우는 것도 고통이다. 단 한 걸음도 생략할 수 없는 자기 자신만의 길을 걸어간다는 것도 고통이고, 나이를 먹고 늙어가는 것도 고통이다. 이 고통이 잠시잠깐 해소되면 웃음이 나오고, 그 고통이 다시 시작되면 울음이 줄줄이 흘러내린다. 웃음과 울음은'ㅅ'과'ㄹ'의 차이이며, 따라서 이 세상을 산다는 것은 운다는 것이고, 이화은 시인의 「숨어서 운다」는 '울음의 시학'의 진수라고 할 수가 있다.

엄마는 부엌에서 울었고, "언니는 광 속 어둠 속에서 울었다." "나는 감나무 아래 쪼그리고 앉아 감꽃을 주우며 울었"고, "바람도 없는데 늙은 감나무"는 "한꺼번에 감꽃을 쏟"으며 울었다. 나는 엄마와 언니와 늙은 감나무가 울고 있는 까닭을 알고 있었는데, 왜냐하면 그 울음은 '여자의 고통', 즉, '출산의 고통'에 맞닿아 있었기 때문이다. 나와 엄마와 언니도 여성성의 꽃이며, 더 많은 자손을 낳고, 또 낳는 종족의 임무를 띠고 태어났던 것이다.

첫 탄생이 울음이듯이, 울음은 삶의 신호탄이며, 그 노래라고 할 수가 있다. 울음의 생산성으로 꽃을 피우고, 울음의 힘으로 아이를 낳는다. 울음의 힘으로 아이를 키우고, 울음의 아름다움으로 이 세상의 삶을 마감한다.

삶은 울음의 강이고, 울음의 바다이며, 따라서 숨어서 우는 사람은 그러나 타인 앞에서 웃는 사람인 것이다. 웃음은 그의 화장술이자 가면이고, 울음은 그의 진짜 얼굴이자 맨얼굴이다.

울음의 시학은 고통의 시학이자 생산의 시학이고, 울음의 시학은 죽음의 시학이자 삶의 시학이다.

꽃은 웃음이고, 웃음은 울음이다. 우리는 모두가 다 같이 숨어서 울며 노래를 부르는 시인인 것이다.

모든 시와 예술의 기본음은 울음이고, 이 울음이 모든 노래가 되고 있는 것이다.

함민복

참개구리

부처님이 배꼽 같은 연꽃 위에 앉아
중생들의 고충 큰 귀로 삼키며
번지는 미소로 처방전을 내놓듯

연못 위 착 깔린 수련잎에
가부좌를 튼 참개구리
뭔 말씀 좀 있으려나 기다리는데

날름,
알 까러 찾아온 모기 한입에 삼키고
목울대를 꿀떡꿀떡 움직인다

크게 다를 것 없다
다 연 위에서의 일이니
진정하라

📖

정의는 강자의 법칙이며, 강자만이 정의를 옹호하고 불의를 심판할 수가 있다. 정의와 불의가 따로따로 존재하고 있는 것도 아니며, 그때 그때의 상황과 환경에 따라 강자가 정의와 불의를 결정할 수가 있는 것이다. 한겨울에 전쟁을 할 것인가, 말 것인가를 결정하는 것도 강자이고, 그토록 사나운 추위와 파도를 헤치고 항해를 계속할 것인가, 말 것인가를 결정하는 것도 강자이다. 강자는 내가 있고 세계가 있다고 말하고, 약자는 세계가 있고 내가 있다고 말한다. 강자는 모든 것을 발밑으로 내려다 보며 명령하기 위해 태어난 사람이고, 약자는 모든 것을 올려다 보며 그 불편함을 바로잡기 위해 만인평등을 주장한다.

모든 싸움이 밥그릇 싸움이고 영토싸움인 것처럼 이 싸움의 법칙은 승자독식구조로 되어 있는 것이다. 치타가 사냥한 먹잇감을 표범이 빼앗고, 표범이 사냥한 먹잇감을 사자가 빼앗는다. 이 강자의 법칙은 너무나도 자연스러운 것이며, 승리한 자는 무자비한 살육과 약탈과 착취와 지배할 권리를 갖는 것이다. 이 강자의 법칙은 야생의 관계에만 있는 것도 아니고, 적대적 관계에만 있는 것도 아니다. 가정, 직장, 단체, 정당, 국가 등에서도 이 강자의 법칙은 작용하고 있으며, 만인평등을 위해 존재하는 사원에도 존재한다.

함민복 시인의 「참개구리」는 부처이며, 연꽃 자리에 앉아 모든 중생들의 고충을 치료해주는 불교적 의사라고 할 수가 있다. '싸우지 마라', '간음하지 마라', '집착하지 마라', '모든 욕망과 탐욕을 다 버리라'고 말하면서도 '참개구리'가 가부좌를 틀고 앉아 "알 까러 온 모기를 한입에 삼키"듯이 더욱더 큰스님의 지위에 오르며, 모든 중생들의 노동력과 그 재산을 착취하고 있는 것이다. 가난한 자는 타인의 재산을 훔치고, 부처는 스스로 자발적으로 충성을 맹세하는 모든 신도들의 영혼과 육체를 유린한다.

모든 종교는 종교의 발생 동기부터 그 목표까지 철두철미하게 전혀 터무니 없고 허무맹랑한 이상과 기적으로 되어 있지만, 그러나 그 근본목표는 종교창시자를 비롯한 사제계급들의 사기술에 기초해 있다고 할 수가 있다. 하안거, 동안거, 백일기도, 천일기도, 삼보일배, 묵언수생 등의 공부와 기도는 손마디가 부르트고 생살이 찢어지는 육체 노동과는 상관이 없으며, 수많은 중생들의 노동력을 착취하기 위한 사기극이라고 할 수가 있다. 이 사제계급들의 존재 이유는 모든 중생들을 구원한다는 것이지만, 그러나 그들을 구원해준다는 명목으로 그들의 육체와 영혼까지도 유린하는 것이다.

모든 종교적 목표는 이 속세의 생존경쟁과 크게 다를 것이 없다. 이 세계에서 가장 처절하고 잔인한 전쟁은 종교전쟁이었고, 이 부처의 사상, 즉, 이 연꽃 위의 사기극처럼 가장 아름답고 찬란한 것도 없는 것이다.

"부처님이 배꼽 같은 연꽃 위에 앉아/ 중생들의 고충 큰 귀로 삼키며/ 번지는 미소로 처방전을 내놓듯"이 모든 인자함과 자비로움 뒤에는 강자의 법칙이 숨쉬고 있는 것이다.

이 세상에서 가장 고귀하고 위대한 인물은 부처이고, 부처만이 연꽃 위에서 모든 중생들을 구원할 수가 있는 것이다.

정현종

사람이 풍경으로 피어나

사람이

풍경으로 피어날 때가 있다

앉아 있거나

차를 마시거나

잡담으로 시간에 이스트를 넣거나

그 어떤 때거나

사람이 풍경으로 피어날 때가 있다

그게 저 혼자 피는 풍경인지

내가 그리는 풍경인지

그건 잘 모르겠지만

사람이 풍경일 때처럼

행복한 때는 없다

📖

정치인, 즉, 대통령은 전 국민의 아버지이자 스승이며, 최후의 심판관이라고 할 수가 있다. 대통령의 말 한 마디에는 전 국민의 존경과 찬양이 담겨 있지 않으면 안 되고, 그의 말 한 마디에 의해서 외부의 적과 내부의 적을 다 물리치고, 언제, 어느 때나 국력과 민심을 결집시켜 나가지 않으면 안 된다. 대영제국과 맞서 싸우며 미국의 독립을 이끌어냈던 조지 와싱턴, 흑백갈등, 즉, 인종차별을 철폐하고 오늘날의 남아공을 창출해낸 만델라, 끊임없이 공부를 하고, 또 공부를 하며 아시아의 자그만 섬나라를 일등국가로 창출해낸 후꾸자와 유키치, 2,000만 명의 인구로 15억의 중국과 맞서 싸우며 오늘날의 대만을 세계 일등국가로 창출해낸 차이잉원 전 총통 등은 그들의 일생을 예술로 꽃 피워낸 전 인류의 스승들이라고 할 수가 있다.

도덕적으로는 선과 악이 있고, 미학적으로는 아름다움과 추함이 있다. 경제적으로는 부자와 가난한 자가 있고,

정치적으로는 적과 동지가 있다. 이 대립과 투쟁은 인간 사회의 근본조건이지만, 그러나 이 대립과 투쟁을 극복하고 전 국민을 하나로 이끌어내는 것이 정치인의 통치능력이라고 할 수가 있는 것이다. 개인의 자유와 능력을 보장해주면서도 전 국민의 단합과 국력을 결집시킬 수 있어야 하고, '정의의 정치'를 실시하면서도 언제, 어느 때나 불의를 퇴치할 수 있어야 한다. 평화시에는 더없이 자비롭고 친절한 '덕의 정치'를 실시하고, 사회적 위기시에는 더없이 단호하고 신속한 위기수습 능력을 보여주지 않으면 안 된다. 정치인은 개인의 이익과 가정으로부터 출가한 사제와도 같아야 하고, 따라서 모든 이익을 거절함으로써 더없이 아름답고 거룩한 풍경으로 피어나지 않으면 안 된다.

전 인류의 영원한 스승인 알렉산더 대왕, 전 인류의 영원한 황제인 진시황과 나폴레옹 황제, 최초의 서사시인이자 최후의 서사시인인 호머, 우리 한국어와 우리 한국인들의 영광을 창출해낸 단군 시조와 세종대왕, 영어와 영국인의 영광을 창출해낸 셰익스피어, 인간의 자기 발견과 사유하는 인간을 창출해낸 데카르트, 만인평등과 부의 공정한 분배를 연출해낸 마르크스, 인의예지와 유교사상을 창출해낸 공자, 계몽주의의 완성자이자 비판철학의 창시자인 칸트 등은 전 인류의 영원한 아버지이자 스승이며, 최후의 심판관이라고 할 수가 있다.

인생은 예술이고, 예술은 더없이 고귀하고 아름다운 풍경이다. 대학과 도서관과 모든 서재의 책들, 박물관과 체육관과 수많은 공원의 추모비와 기념탑들, 수많은 생가와 문화유적지와 무덤들은 이 전 인류의 스승들이 꽃 피워낸 풍경들이며, 그 예술이라고 할 수가 있다.

사람이 풍경으로 피어날 때처럼 아름다운 것도 없고, 우리들은 모두가 다 같이 '인생예술의 삶'을 살다가 가는 것이다.

정해영

말의 즙

처음 그 말을 들었을 때
입안에 들어온 딱딱하고 거칠은
이물질 같아 내뱉고 싶었다

넘길 수 없는 말

입속에 넣고 혀끝으로
오래 굴렸다

녹인다는 것은
둥근 모양으로 어루만지는 일

울퉁불퉁 거친 것을 받아
부드럽게 넘기는 법은
어릴 적

사탕을 먹으면서 알았다

굴릴수록 단맛이 난다

그 말에서 나오는

즙인가

어느새

말이 넘어 간다

돌을 삭이듯

녹여 먹는 말

며칠 혹은 몇 백 년이

걸린다 해도

즙이 된 말은

역사를 바꾸기도 한다

📖

인간은 사회적 동물이고, 말은 우리 인간들의 정치, 경제, 사회는 물론이고, 모든 도덕과 법률의 근본질서라고 할 수가 있다. 말은 대동맥이고 실핏줄이며, 말은 두뇌이고 심장이며, 말은 인간의 영혼과 육체까지도 지배를 한다. 말은 사회적 약속이고, 이 사회적 약속에 따라 우리 인간들의 삶과 행동양식이 결정된다.

고귀하고 위대한 것은 고귀하고 위대한 인물에 의해 결정되고, 더럽고 추한 것은 더럽고 추한 인물에 의해 결정된다. 인간은 이기적 동물인데, 왜냐하면 자기 보존이 그 무엇보다도 우선하기 때문이다. 하지만, 그러나 사회적 동물은 이타적일 수밖에 없는데, 왜냐하면 자기 자신을 희생하지 않으면 공동체 사회는 유지될 수가 없기 때문이다. 개인의 이익과 공동체 이익은 이기심과 이타심, 즉, 개인주의와 사회주의로 대립을 하게 되고, 이 대립 갈등을 통하여 공동체의 운명이 결정된다.

성스러울 정도로 어리석은 인간이 있다는 말도 있다. 고귀하고 위대한 인물은 언제, 어느 때나 자기 자신의 이익을 거절하고 공동체의 행복을 위해 헌신을 하며, 그 고귀하고 위대한 희생정신에 의하여 수많은 사람들이 '한마음-한뜻'이 되어 행복하게 살아간다. 이에 반하여, 더럽고 추한 인물은 성자의 탈을 쓰고 인간의 마음과 육체를 유린하고 공동체 사회 전체를 불행에 빠뜨리게 된다. 이 더럽고 추한 인물들을 대청소하는 방법은 사랑이 담긴 말, 믿음이 담긴 말, 자유로운 말들을 사용하며 '만악의 근원'인 이기심을 제거하는 데 있다고 할 수밖에 없다. 어떤 국가가 최고의 국가인가, 아닌가는 그 사회의 구성원들이 고귀하고 위대한 인물들을 얼마만큼 배출해냈느냐에 달려 있다고 하지 않을 수가 없다.

인간의 타고난 성격과 취향, 육체의 건강과 좋아하는 말과 좋아하지 않는 말들은 천차만별이며, 이 다양성과 모순성이 어느 국가와 그 구성원들의 운명을 결정한다고 할 수가 있다. 이 다양성과 모순성을 변증법적으로 극복하고 상호 균형과 조화를 이루면 일등국가가 될 것이고, 그렇지 못하면 삼류국가로 전락하여 이민족의 지배를 받게 될 것이다. 말에도 독이 있고, 우리는 이 독을 적절하게 제거하지 않으면 크나큰 병을 앓거나 사회적인 혼란을 겪지 않을 수가 없게 된다. 남녀간의 사랑의 말도 계급 차이로 인하여 불쾌하게 들릴 수도 있고, 친절과 자비의 말도 때로는 더없는 치욕과 수치심을 안겨줄 수도 있다. 병역의무와 납세의무도 소름 끼치게 싫은 말일 수도 있고, 시도 때도 없이 울려 퍼지는 이웃사랑과 만인평등의 말도 더없는 강제와 강요의 말처럼 들릴 수도 있다. 말은 천변만화하는 약효와 독성을 지니고 있으며, 그 역사적인 시기와 장소와 때에 따라서 똑같은 말이 '약'과 '독약'으로 다르게 나타날 수도 있다.

정해영 시인의 「말의 즙」은 '말의 찬가'이며, 말의 독을 제거하고 그 말의 참맛을 즐기는 대가의 진면목을 유감없이 드러내어 보여준다. "처음 그 말을 들었을 때/ 입안에 들어온 딱딱하고 거칠은/ 이물질 같아 내 뱉고 싶었다"는 것은 나의 귀에 거슬리고 내가 소화시킬 수가 없을 것 같았다라는 것을 뜻하고, 따라서 그 "넘길 수 없는 말"을 "입 속에 넣고 혀끝으로/ 오래" 굴릴 수밖에 없었다는 것을 뜻한다. "녹인다는 것은/ 둥근 모양으로 어루만지는 일"이고, "울퉁불퉁 거친 것을 받아/ 부드럽게 넘기는 법은/ 어릴 적/ 사탕을 먹으면서 알았"던 것이다. 그 말은 거칠고 딱딱하고 내가 곧바로 삼킬 수가 없는 말이었지만, 그러나 그 말의 참뜻과 그가 던진 말의 의미를 이해하자, 곧바로 그 말은 단맛이 나고 내가 소화시킬 수 있는 사랑의 말이 되었던 것이다.

시인과 철학자의 사명은 말을 창조하고 말의 독을 제거하여 그 말을 수많은 사람들이 재배하고 말의 주식으로 삼게 하는 데 있다고 할 수가 있다. 이 세상에 말의 재배만큼 쉽고 간단한 것도 없고, 이 세상에 말의 재배만큼 어렵고 힘든 것도 없다. 우리는 쌀과 빵보다도 말을 주식으로 삼으며, 이 말의 향기와 말의 즙과 말의 영양가로 살아간다. "굴릴수록 단맛이" 나는 말, "돌을 삭이듯/ 녹여 먹는 말", "며칠 혹은 몇 백 년이/ 걸린다고 해도" 포기할 수 없는 말의 즙—, 요컨대 인류의 역사는 말의 역사이며, 모든 시는 말의 찬가라고 하지 않을 수가 없다.

정해영 시인의 「말의 즙」은 말의 영양가이고, 말의 맛이고, 말의 향기이며, 우리가 말을 먹고 말의 농장에서 말의 놀이와 그 향기로 살아가고 있다는 것을 증명해준 이 세상의 삶의 찬가라고 할 수가 있다.

정해영 시인의 근본신조는 말을 창조하고 말의 독을 제

거하여, 우리 한국어의 아름다움으로 우리 한국인들의 건강과 행복을 창출해내는 데 있다고 할 수가 있다.

시인은 앎을 창출해내고 그 앎을 실천하며, 그 앎과 행동의 일치를 통하여 이 세상 그 어느 것보다도 아름다운 시를 창출해낸다.

배옥주

리을리을

산의 문을 열고 흘러갑니다

열려도 닫혀 있고

닫혀도 열려 있는 의뭉스러움

오름을 내려온 조랑말의 저녁도

한 호흡씩 들어가고

한 호흡씩 나가야 합니다

방목은 풀어놓는 게 아니라 드나드는 것

흙바람도 자모음을 섞으며

모로 누웠다 모로 일어납니다

바람은 쉽게 겹쳐지지 않습니다

새끼 곁을 떠나지 않는

어미의 선한 꼬리질이

한 계절로 들어갔다 한 계절로 나갑니다

구름이 능선의 고삐를 풀어줍니다

산 한 마리, 산복도로에 이끌려 갑니다

갈기를 눕힌 순결한 산맥이

리을리을 흘러갑니다

리을리을

평지로 흘러갑니다

하늘과 땅, 산과 강, 육지와 바다 등은 경계가 없고, 그 어떤 생명체도, 비 생명체도 생물학적이나 화학적으로 한 가족이 아닌 것이 없다. 모든 산은 바다에 뿌리를 두고 있고, 모든 바다는 산에 그 기원을 두고 있다. 모든 생명체는 먼지이고 티끌이며, 잠시 잠깐 이 세상에 형체를 띠고 나타났다가 먼지와 티끌로 흩어져 되돌아간다. 이것과 저것의 경계도 없고, 모든 것이 하나이면서도 매우 다양한 여러 풍경들로 나타났다가 사라져 간다.

산은 문도 없고, 입산금지의 팻말을 들고 있지도 않다. 산의 문은 언제, 어느 때나 열려 있고, 산의 문은 언제, 어느 때나 닫혀 있다. 산과 내가 하나가 되면 산의 문은 열려 있는 것이고, 산과 내가 분리되면 산의 문은 닫혀 있는 것이다. 산의 문은 존재하면서도 존재하지 않는 것이고, 산의 문은 존재하지 않으면서 존재하지 않은 채로 존재한다. 그러니까 산의 문을 열고 들어서는 시적 화자가 그 주체성을 상실하고 「리을리을」의 시적 흐름에 그 몸을 맡기고 있는 것이다.

오름은 지구의 허파이며 숨구멍이고, 이 오름에서 살아가는 조랑말도 "한 호흡씩 들어가고/ 한 호흡씩 나가지" 않으면 안 된다. 방목은 조랑말과 인간의 삶의 방식이며, 이 자유는 무질서의 그것이 아니라 산의 문을 드나들고, 산의 오름을 오르내리는 것이다. "흙바람도 자모음을 섞으며/ 모로 누웠다 모로 일어"나고, "바람은 쉽게 겹쳐지지 않"는다. 왜냐하면 흙바람은 시간이고 자연의 질서이며, 모든 생명체의 운명이기 때문이다. 생명은 단 한번뿐인 생명이며, 영원불멸의 삶을 살거나 예수의 부활처럼 되살아나지는 않는다.

배옥주 시인의 「리을리을」은 한글의 네 번째 자음인 'ㄹ'의 총체가 아니라 자연의 풍경이며, 시간의 흐름이고, 모든 생명체들의 삶의 모습이라고 할 수가 있다. "새끼 곁을 떠나지 않는/ 어미의 선한 꼬리질이/ 한 계절로 들어갔다 한 계절로 나"가고, 구름이 모든 생명체들의 고삐를 풀어준다. 산 속의 길인 산복도로가 모든 생명체들을 인도하는 것이 아니라, "산 한 마리"가 산복도로에 이끌려 간다. 이때의 산복도로는 사실 그대로의 산복도로가 아니라 이 세상의 자연의 질서인 산복도로라고 할 수가 있다. 존재하지 않으면서 존재하는 산의 문, 존재하니까 존재하지 않는 산의문, 존재하지 않으면서 존재하는 산복도로, 존재하니까 존재하지 않는 산복도로—, 이 산복도로가 "산 한 마리"를 이끌고 가니까, "갈기를 눕힌 순결한 산맥이/ 리을리을 흘러"가고, 그리하여, 마침내 "리을리을/ 평지로 흘러"간다.

배옥주 시인의 「리을리을」은 한글의 자음인 'ㄹ'이고, 「리을리을」은 한자의 새을乙이다. '리을리을'은 자연의 순리이고, 시간의 흐름이고, '리을리을'은 모든 생명체들의 삶의 모습이자 그 풍경이다. '리을리을'은 춤이고, 춤은 이 세상의 기쁨이자 행복이다. '리을리을'의 주인공은 어진 현자(시인)이고, 어진 현자는 즐겁고 기쁘게 오래오래 산다.

배옥주 시인의 「리을리을」은 우주이고, 도이며, 대서사시적인 아름다움의 총체이다.

박분필

곶감 할매

할매가 햇살 바른 곳에 멍석을 펴고 앉아 곶감을 깎으면서 시퍼렇게 젊었던 시절엔 모든 일들이 참 많이도 떫었지 생각한다

어느새 발그레 익어 삶의 단맛을 겨우 알 듯도 한데 쌓아온 생이 송두리째 벗겨져 꼬지에 꽂히는 이것이 나지 싶어지다가

어느 듯 처마 밑에 매달린 곶감이 시집살이 등살에 시달리듯 풍상에 시달리며 절이 삭고 어쩔 수 없이 쫀득쫀득 곶감이 되어갈 때쯤

떫디떫었던 당신의 마음자리에도 보이지 않게 새록새록 채워지던 단맛이 적지 않았음을 눈웃음 짓는다

할매가 주름지고 오그라진 곶감 한 접을 반반하게 펴 열 개씩 노끈으로 묶고 뽀얗게 분이 낀 열 묶음의 곶감들을 차곡차곡 쌓으면서

무거운 것들이 다 빠져나간 후, 가벼워진 이것을 나는 달콤한 행복이라 이름 짓는다

곶감이란 무엇인가? 곶감이란 감을 가공하여 말린 건과乾果를 말하며, 수분이 많아 잘 썩는 감을 오랫동안 두고 먹을 수 있는 보존식품을 말한다. 곶감은 비타민 A와 C, 칼륨과 탄닌 등 수많은 영양소를 지니고 있으며, 그 결과, 면역력 증진과 심혈관 건강, 소화 개선 등의 다양한 효능을 지니고 있다고 한다. 이미 오래전부터 한국과 일본과 중국에서는 곶감문화가 있었지만, 그러나 이 달콤하고 맛있으며 농가소득 식품인 '곶감문화'는 우리 대한민국에서만이 가장 잘 보존되고 널리 퍼진 문화라고 한다.

박분필 시인의 「곶감 할매」는 시와 곶감과 삶이 하나가 되는 우리 한국어로 씌어진 가장 아름다운 시라고 할 수가 있다. 그의 시들이 언어의 곶감으로 익으면 이 언어의 곶감들이 실제의 곶감으로 익으며, 시인과 곶감 할매의 삶이 아름답고 행복한 삶으로 익는다. 언어가 곶감이 되고, 곶감이 시가 된다. 시인이 곶감 할매가 되고, 곶감 할매의 삶이 모든 독자들의 삶이 된다. 시와 삶이 예술 자체가 된 세계, 바로 이 아름다운 진경의 세계가 박분필 시인이 창출해낸 「곶감 할매」의 세계라고 할 수가 있는 것이다.

"할매가 햇살 바른 곳에 멍석을 펴고 앉아 곶감을 깎으면서 시퍼렇게 젊었던 시절엔 모든 일들이 참 많이도 떫었지 생각한다"라는 시구는 곶감 할매의 수많은 우여곡절의 삶을 말하는데, 왜냐하면 너무나도 불평과 불만이 많았고, 그만큼 고통스러웠기 때문일 것이다. 이 세상에는 어린 소녀와 젊은 새댁과 중년의 아줌마의 열정과 꿈만으로는 해결할 수 없는 난제들이 너무나도 많았고, 따라서 수많은 난제들과 과식과 소화불량증으로 시달려 왔을 것이기 때문이다. 어린 소녀의 꿈과 열망, 친정 부모님과 시부모님들과의 대립과 갈등, 어린 자식들의 양육과 남편의 바람기와 경제적 궁핍 등이 그것이며, 그러나 그러한 불평과 불만과 고통이 있었기 때문에 너무나도 아름답고 붉게 익을 수가 있었던 것이다. 추억이나 회상은 수많은 불평과 불만, 그리고 그 고통들마저도 아름답게 미화시키지만, 그러나 이 아름다움과 단맛의 깊이를 알 때쯤이면 지나온 인생이 송두리째 벗겨져 삶의 꼬지에 꽂히는 것이다. "어느 듯 처마 밑에 매달린 곶감이 시집살이 등살에 시달리듯 풍상에 시달리며/ 절이 삭고" "어쩔 수 없이" 이 세상에서 가장 맛있고 "쫀득쫀득한 곶감이 되어갈" 수밖에 없게 된다. 살아야 할 때와 죽어야 할 때를 아는 것이 최고급의 삶의 지혜이며, 따라서 모든 시인들과 성자들은 만인들이 박수칠 때 떠나가지 않으면 안 된다.

이 세상의 모든 가치기준표는 자기 만족이며, 이 자기 만족의 가치기준표는 무한한 성실함 속의 자기 긍지라고 할 수가 있다. 수많은 비바람과 수많은 병충해와의 싸움에서 이겼을 때만이 할매의 곶감이 탄생할 수가 있듯이, "떫디떫었던 당신의 마음자리에도 보이지 않게 새록새록 채워지던 단맛이 적지/ 않았음을" 깨달았을 때가 바로 자기 만족의 절정이라고 할 수가 있다. 시간은 무한히 늘어지고 공간은 무한대로 확장되면서 "할매가 주름지고 오그라진 곶감 한 접을 반반하게 펴 열 개씩 노끈으로 묶고/ 뽀얗게 분이 낀 열 묶음의 곶감들을 차곡차곡 쌓으면서"라는 시구에처럼 그 영원한 행복을 살게 된다.

박분필 시인의 「곶감 할매」는 지혜와 용기와 성실함으로 천하무적의 장군처럼 자기 자신의 '달콤한 행복'을 연주해 왔던 것이고, 그것이 바로 이 「곶감 할매」의 명시의 세계이기도 한 것이다. 인간은 모두가 다 같이 자기 자신의 행복의 연주자이며, 마음의 가난함은 모든 불행의 근원이라고 할 수가 있다. 지혜와 용기와 성실함의 토대는 자기 만족의 근원이며, 요컨대 마음이 부자인 사람은 순간 속의 행복을 살며, 천하를 다 소유하게 된다.

"무거운 것들이 다 빠져나간 후, 가벼워진 이것을 나는 달콤한 행복이라 이름 짓는다."

박분필 시인과 곶감 할매는 아름답고 행복한 삶의 대명사이자 우리 인간들의 영원한 이상적인 모델이라고 할 수가 있다.

김선태

남도 밥상

밥상에는 남도라는 말만 곁들여도 게미*가 있다

먹기 전 눈과 입이 먼저 반겨 즐겁고

온갖 맛들이 다투어 일어나 춤을 춘다

자고로 멋은 맛에서 왔나니

드시라, 걸판진

남도 풍류 한상.

📖

대한민국에서 가장 아름답고 풍요로운 들과 산과 바다를 지닌 곳이 전라도인 만큼 전라도는 우리 대한민국에서 가장 살기 좋은 곳이라고 할 수가 있다. 이 아름답고 풍요로운 들과 산과 바다는 수많은 사람들의 지배욕과 소유욕을 자극시켰고, 그 결과, '자원의 저주'라는 말 그대로 전라도는 오랜 세월 동안 외부의 침략과 수탈의 대상이었다고 할 수가 있다.

하지만, 그러나 오늘날은 정치적으로 대한민국의 주류로 부상하였고, 수많은 전라도의 인재들이 명문세도가로 그 이름을 떨치고 있다고 할 수가 있다. 소위 입신출세의 가장 좋은 장점 중의 하나는 산해진미의 음식을 마음껏 먹을 수가 있다는 것이다. 전라도 하면 산해진미의 음식이고, 「남도 밥상」이라는 말만 들어도 저절로 군침이 돈다. "먹기 전 눈과 입이 먼저 반겨 즐겁고" "온갖 맛들이 다투어 일어나 춤을 춘다." "자고로 멋은 맛에서 왔나니/ 드시라, 걸판진/ 남도 풍류 한상"—, 바로 이것이 「남도 밥상」의 진면목인 것이다.

산다는 것은 먹는다는 것이고, 먹는다는 것은 이 세상의 삶의 찬가를 부르는 것이다. 모든 정치, 경제, 문화, 예술의 궁극적 목표는 산해진미의 음식이고, 이 산해진미의 음식 속에서 아름답고 멋지게 살다가 죽는 것이라고 할 수가 있다.

「남도 밥상」. 남도 밥상은 우리 한국인들이 가장 좋아하고 받아보고 싶은 밥상이다. 이제 우리 전라도인들도 자기 자신들을 높이 높이 끌어올리며, 이 세상에서 가장 아름답고 멋진 「남도 밥상」을 전 국민에게 골고루 나누어 주지 않으면 안 된다.

소위 민주당에 대한 100% 몰표는 전형적인 후진국 현상이며, 그것은 전라도와 대한민국을 위해서는 사악하고 나쁜 폐습에 지나지 않는다. 이미 오래 전부터 부산과 경상도 사람들은 마음과 가슴을 열고 노무현과 문재인을 대통령으로 만들어 주었고, 국회의원 선거 때마다 상당히 많은 의석수를 안겨주었다는 사실을 생각해 보란 말이다.

전라도의 '민주당' 100% 몰표는 경상도의 100% '국민의 힘' 몰표로 이어지고, 더욱더 사악하고 나쁜 지역감정으로 이어질 것이다.

반 경 환

1954년 충북 청주에서 태어났으며, 1988년 『한국문학』 신인상과 1989년 《중앙일보》 신춘문예로 등단했다. 반경환의 저서로는 『시와 시인』, 『행복의 깊이』 1, 2, 3, 4권, 『비판, 비판, 그리고 또 비판』 1, 2권, 『반경환 명시감상』 1, 2, 3, 4권, 『이 세상에서 가장 아름다운 명문장들』 1, 2권, 『반경환 명구산책』 1, 2, 3권이 있고, 『반경환 명언집』 1, 2권, 『쇼펜하우어』, 『니체』, 『사상의 꽃들』 1, 2, 3, 4, 5, 6, 7, 8, 9, 10, 11, 12, 13, 14, 15, 16, 17권 등이 있다.
이 『사상의 꽃들』은 '반경환 명시감상'으로 기획된 것이지만, 보다 새롭고 좀 더 쉽게 수많은 독자들에게 다가가기 위한 포켓북이라고 할 수가 있다. 사상은 시의 씨앗이고, 시는 사상의 꽃이다. 그는 시를 철학의 관점에서 이해하고, 철학을 예술(시)의 관점에서 이해한다. 그의 글쓰기의 목표는 시와 철학의 행복한 만남을 통해서, 문학비평을 예술의 차원으로 끌어올리는 것이다. 따라서 반경환의 문학비평은 다만 문학비평이 아니라 철학예술이라고 할 수가 있는 것이다.
시는 행복한 꿈의 한 양식이며, 낙천주의를 양식화시킨 것이다.

이메일 : bankhw@hanmail.net

사상의 꽃들 18
반경환 명시감상 22

초판 1쇄　2025년 6월 6일
지은이　반경환
펴낸이　반송림
펴낸곳　도서출판 지혜
주　소　34624 대전광역시 동구 태전로 57, 2층 도서출판 지혜
전　화　042-625-1140
팩　스　042-627-1140
전자우편　eji@ji-hye.com
ejisarang@hanmail.net
애지카페　cafe.daum.net/ejiliterature

ISBN　979-11-5728-573-0　02810
값　12,000원